Solicite nosso catálogo completo, com mais de 300 títulos, onde você encontra as melhores opções do bom livro espírita: literatura infantojuvenil, contos, obras biográficas e de autoajuda, mensagens espirituais, romances palpitantes, estudos doutrinários, obras básicas de Allan Kardec, e mais os esclarecedores cursos e estudos para aplicação no centro espírita – iniciação, mediunidade, reuniões mediúnicas, oratória, desobsessão, fluidos e passes.

E caso não encontre os nossos livros na livraria de sua preferência, solicite o endereço de nosso distribuidor mais próximo de você.

Edição e distribuição

EDITORA EME
Caixa Postal 1820 – CEP 13360-000 – Capivari – SP
Telefones: (19) 3491-7000/3491-5449
vendas@editoraeme.com.br – www.editoraeme.com.br

Wanda A. Canutti • Eça de Queirós

Tudo pela Música

Capivari-SP

– 2017 –

A Editora EME mantém o Centro Espírita "Mensagem de Esperança" e patrocina, junto com outras empresas, a Central de Educação e Atendimento da Criança (Casa da Criança), em Capivari-SP.

2ª reimpressão – março/2017 – de 16.001 a 18.500 exemplares

CAPA | André Stenico
DIAGRAMAÇÃO | Thiago Retek Perestrelo
REVISÃO | Editora EME

Ficha catalográfica

Queirós, Eça de (Espírito)
    Tudo pela música / pelo espírito Eça de Queirós; [psicografado por] Wanda A. Canutti – 2ª reimp. mar. 2017 – Capivari, SP : Editora EME.
    264 p.

1ª edição – setembro/2011

    ISBN 978-85-7353-469-6

1. Literatura espírita. 2. Romance mediúnico. 3. Amor à música. 4. Talento de outras existências. 5. Reencontro de desafetos.

CDD 133.9

SUMÁRIO

PALAVRAS DO AUTOR

É UMA GRANDE ALEGRIA para mim, cada vez que concluímos um livro, porque temos a oportunidade de contribuir ainda mais, na seara do Pai, com a nossa parcela de auxílio, para que Seus filhos, aqui encarnados, reflitam nas próprias atitudes e nas consequências delas e se precatem contra o mal.

Cada livro nosso, dentro dos nossos objetivos, é um manancial de ensinamentos que nele colocamos, através da trama, através das personagens, porque sabemos, os romances são retratos da vida. E aqueles que se ativerem às atitudes nobres das nossas personagens e as tomarem como direcionamentos de vida, progredirão bastante.

É essa a nossa intenção, porque, se desejamos trabalhar no bem, é o bem que devemos espalhar.

Nem sempre as nossas personagens têm atitudes adequadas, assim como acontece na vida de grande parte dos encarnados na Terra. Mas, que também essas lhes sirvam de ensinamentos, de lições, como atitudes que devem ser evitadas, até para que não sofram depois.

Nenhuma atitude inadequada fica sem reajuste no futuro, e para que evitemos esse reajuste, evitando sofrimento, devemos ir nos esforçando para nos modificarmos.

Um esforço hoje, outro amanhã e logo estaremos modificados, para o nosso bem, e, a partir daí, cada existência que tivermos será mais feliz.

Eça de Queirós
Araraquara, 26 de maio de 2003

1 CONSIDERAÇÕES PRELIMINARES

ESTAMOS NA ITÁLIA no ano de 1825. O inverno era rigoroso e fazia com que seus habitantes ficassem reclusos no aconchego e no calor dos seus lares, onde o fogo de uma lareira se mantinha aceso, impedindo que o frio externo penetrasse seus corpos.

As atividades de todos era bem restrita. Os que podiam permanecer em casa, como os velhos, as crianças e as senhoras, estavam sempre abrigados, mas os homens, os que desenvolviam suas atividades, não tinham esse privilégio e precisavam movimentar-se para se dirigirem aos seus locais de trabalho.

As atividades ficavam mais restritas, mas algumas tinham que prosseguir, a fim de que, à chegada do verão, todas as necessidades pudessem ser satisfeitas.

Ao campo, ninguém ia porque a terra enregelada e coberta de neve, nada lhes oferecia em trabalho. Era o tempo em que ficava em repouso, para depois, quando a neve terminasse e ela fosse tratada, mostrasse toda a sua força e fidelidade ao homem, devolvendo-lhe, em grãos fartos, todo o carinho que lhe dedicavam.

Às crianças, sempre mais irrequietas e cheias de disposição, era mais difícil. O frio, para elas não importava. Bem agasalhadas, gostavam, vez por outra, de escapar à vigilância da mãe e sair para brincar na neve.

Para os velhos também não era fácil. As energias depauperadas faziam-nos sentir o frio com mais intensidade e não era raro ver-se nas casas, um ou outro, sentado diante da lareira. Para eles, os dias eram intermináveis e as noites de sofrimento, mesmo aos que dispunham de muitas mantas e cobertores para aquecerem seus corpos.

Às donas de casa, as mães de família, os dias eram iguais aos de sempre. Os serviços da casa tinham que ser desenvolvidos, e a alimentação que providenciavam era mais substanciosa para contribuir, também, com sua parcela, ao aquecimento dos corpos.

Enfim, era assim todos os anos. A vida continuava, tinha de continuar adaptada às necessidades da ocasião, o tempo passava, e a primavera chegava trazendo alento novo aos corações. As atividades, as que ficaram reduzidas ou até foram interrompidas, recomeçavam com entusiasmo renovado, cumprindo assim um novo ciclo que se repetia anualmente.

Alguns iam ficando pelos caminhos por terem cumprido seu ciclo de vida, enquanto outros nasciam para cumprirem aqui uma nova jornada, nessa multiplicidade de jornadas terrenas que um Espírito enfrenta, a fim de aprender, de progredir.

Assim é a vida, seja em que lugar for deste imenso Universo regido por Deus, a sabedoria suprema, que quer todos os seus filhos evoluídos e felizes.

Mas para que todos cheguem, um dia, a esse ponto de sublimação de todas as suas imperfeições, colocando em seu lugar as virtudes que elevam o homem como ser racional, inteligente, é preciso muito aprendizado, muitas lições que a vida oferece, e muito esforço para compreendê-las e retirar delas o melhor que lhes possam oferecer. E, quanto mais hábil forem em percebê-las, mais rapidamente aprenderão e progredirão em direção a Deus.

Entretanto, a maioria passa pela vida, nessa oportunidade impar que o Pai está lhes oferecendo, sem dar atenção a elas, sem olhar ao seu redor e sem olhar para dentro de si mesmos e sentir os apelos que ali estão. Apelos que os chamam para a vida, para as lutas, para o progresso, e deixam perder oportunidades preciosas de aprendizado, de aprimoramento espiritual, porque aqui estamos em corpo, mas a nossa finalidade primeira é o Espírito.

Sabemos que o corpo é perecível, mas o Espírito é imortal. Enquanto aqui estivermos, temos que aproveitar nossa existência, satisfazendo as necessidades do corpo, mas nunca nos esquecendo do Espírito, ou nunca deixando que aquelas superem estas.

O corpo é um abençoado instrumento que Deus nos permite ter, mas é justamente para que o Espírito, enquanto aqui o estiver utilizando, possa aproveitar todas as oportunidades que tem para evoluir. E a vida é uma sucessão dessas oportunidades, basta que queiramos atentar para elas, aproveitando-as todas, sem deixarmos que passem para que não venhamos a nos arrepender depois, pelo nosso descaso, pela nossa indolência, ou atraídos por outros interesses que, em vez de auxiliar, comprometem o nosso progresso espiritual.

Confirmando o que disse há pouco, repito: estamos na Itália, no ano de 1825, quando o mundo ingressava num período de progresso, quando muitos produtos, até então manufaturados, começavam a ser produzidos por pequenas máquinas, rudimentares de início, mas que seriam o prelibar do progresso tecnológico que vemos atualmente, às vezes difícil até de acompanhar o que entra no mercado e atrai a muitos, ocasionando-lhes angústia e ambição.

Mas tudo deve ter um começo porque o progresso é necessário. As inteligências aí estão e para isso trabalham, colocando à disposição do homem, diariamente, produtos que facilitam a sua vida na Terra.

Naquela época, porém, tudo era difícil e rudimentar. Mas para eles que viviam e que nada mais conheciam nem podiam prever como seria no futuro, o que tinham era suficiente. Os mais abastados podiam desfrutar de mais conforto, dentro do orgulho que o dinheiro lhes podia proporcionar.

A casa que vamos adentrar ficava numa região progressista da Itália, no que dizia respeito às artes, e ponto de atração para todos os que tinham dons artísticos prontos para serem desenvolvidos.

A família era abastada e o senhor dela, aparentando

sessenta anos, era ainda muito vigoroso e forte, falava alto, mostrando o orgulho daqueles que progrediram na vida.

Sua esposa, uma senhora terna e submissa a ele, respeitava-o como seu marido e pai de seus três filhos, todos homens. Ah, como ela gostaria de ter tido uma filha mulher para ter uma companhia mais terna e dócil suavizando os seus dias.

Mas tivera apenas homens, satisfazendo o orgulho do marido, que pensava que, se assim acontecia, era porque ele era um privilegiado diante de Deus, que o abençoava na pessoa dos filhos.

Mulheres, naquela época, ainda eram pouco consideradas e, para o homem, representava aquela que dava sustentação no lar, procriava os filhos, mas não tinha voz para nada. Nenhuma decisão em família recebia a sua opinião e, se recebia, era pouco considerada, porque, para o homem, elas não possuíam a inteligência nem a capacidade que eles próprios, porque, ser homem, era um privilégio diante de Deus.

Muitos já não tinham mais esse conceito em relação às mulheres, mas a maioria, apegada a antigos costumes, fazia questão de preservá-lo.

Muitas mulheres sofriam caladas, porém, nada podiam fazer, sobretudo aquelas que estavam sob o jugo de um marido autoritário e orgulhoso.

Entretanto, havia também, mas com mais raridade, homens que consideravam a esposa, que a amavam e que lhe davam, no lar e no seu coração, um lugar de muito destaque.

Assim como havia extremos, havia também o meio-

-termo, que se encontrava com grande frequência e ia aumentando cada vez mais.

Os lares totalmente paternalistas iam se transformando com as gerações que iam chegando, e a convivência doméstica era mais agradável à mulher.

No lar a que nos referimos era assim. A esposa, a senhora Luzia, apesar de não ter nenhuma filha, tinha o carinho dos três filhos, sobretudo do mais novo, um rapaz terno, sensível e que desde pequeno demonstrava pendores pela música. O pai, porém, temendo que com isso ele pudesse não ser considerado tão masculino como seus irmãos, impedia-o.

O seu sonho mais acalentado era poder aprender a tocar piano, e só tinha esse pensamento. Mas o pai, cada vez que esse assunto era trazido à discussão, irritava-se e não o deixava prosseguir.

Antonino, se pudesse, deixaria o lar para satisfazer esse seu desejo, mas não tinha condições financeiras para isso.

Sua mãe, desejosa de ver o filho feliz, fazendo o de que tanto gostava, em segredo, fez-lhe uma proposta que não deveria ser comentada em casa, nem com o pai nem com os irmãos.

— Como não pensamos nisso antes, mamãe? Só a senhora me entende nesta casa e, se fizer o que me propõe, serei muito feliz e grato por toda a minha vida.

— Mas seu pai não pode saber em hipótese nenhuma!

— Ele não saberá! Se um dia, quando já souber tocar bem, ele vier a saber, não me importa. Por mais irritado fique, por mais me proíba, o conhecimento que adquirirei, ele jamais me poderá retirar.

— É isso mesmo, filho! As economias que tenho, penso

que serão suficientes para que estude algum tempo. Enquanto isso, vou ver se consigo economizar nas compras da casa e guardarei para você, sem seu pai saber.

— Quem sabe um dia, quando ele me vir tocar, não mudará de opinião!

— Você terá que entender que esse estudo não lhe será fácil. Quem estuda um instrumento musical é bom que o tenha em casa. Mas nós não o temos e você terá que se conformar em estudar na casa do professor, pagando a ele uma importância maior para isso. Para o tempo que passar fora de casa, estudando, teremos que arrumar alguma desculpa.

— Papai sai muito, e disso cuidarei eu.

Depois dessa conversa com a mãe, o jovem Antonino não esperou mais nada. Saiu à rua e foi à procura do professor que sabia, mantinha alguns alunos sob a sua orientação.

Conversou com ele e combinou um horário favorável a ambos, mas o difícil seria permitir que utilizasse o seu piano para os estudos, porque ele próprio precisava dele para as aulas.

Prometeu-lhe, porém, que conversaria com alguns de seus alunos, cujos pais já haviam adquirido o instrumento, para ver se conseguiria um horário para estudar na casa deles.

Antonino retornou para casa muito feliz. Corria pelas ruas, quando voltava, a fim de dar vazão àquele sentimento de tanta alegria e esperanças que trazia no coração.

Se tudo desse certo, sua vida mudaria completamente. Não aquela que precisava aparentar no lar, diante do pai, mas a que viveria intimamente e que seria somente sua.

Poderia partilhá-la com a mãe que fora tão compreensiva, mas precisava ser cuidadoso para que o pai não descobrisse e ainda se indispusesse contra ela, formando um ambiente difícil dentro do lar e acabando por proibi-lo terminantemente de estudar.

Ao professor foi recomendado que nada comentasse, para que seu pai não viesse a saber, mas esse perigo não existia, porque mal se conheciam de vista. A vida do professor era de muito confinamento, para atender aos alunos e aos apelos da sua arte, a fim de que também sentisse a satisfação e o enlevo de retirar das teclas as melodias que enterneciam o seu coração.

No dia e horário determinado, Antonino, ansioso, fez-se presente. Por ele, já estaria postado diante da casa do professor desde há horas antes do seu horário, porque não conseguia conter a ansiedade, mas sabia que precisava ser discreto e cuidadoso e chegar em cima do seu horário.

Sempre é bom que se inicie o estudo de um instrumento musical bem cedo, porém, a Antonino não fora possível. Mas tinha apenas dezesseis anos e haveria muito tempo para aprimorar-se, se nada fosse contrário ao que esperava.

As orientações que o professor ia lhe transmitindo, não tinham dificuldade para ele. Nunca havia tocado os dedos em nenhuma tecla de um piano, mas parecia que já eram velhos conhecidos.

Aprendia com rapidez, e o professor, como resultado da consulta que fizera a alguns de seus alunos, encontrara um que, depois de conversar no seu lar, teve a aquiescência de seus pais para que ele estudasse em sua casa.

Estipularam-lhe um horário em que ele não atrapalhasse, e não quiseram cobrar nada, sabendo da dificuldade que ele teria para pagar as aulas. Não pela condição financeira de seu pai que era muito boa, mas pelo sacrifício que sua mãe faria para proporcionar esse prazer ao filho.

César era o nome do companheiro de ideal de Antonino. Eles foram apresentados, o horário combinado dentro do que a família permitira, e os estudos do jovem começariam com mais intensidade.

À casa do professor iria duas vezes por semana para as aulas, e três à casa de César para reforçar seus estudos.

Em casa, Luzia estava contente pelo entusiasmo que via no filho, mas temia que fossem descobertos e o marido impedisse o filho de continuar.

Os outros dois filhos mais velhos, um acompanhava o pai no comando de seus negócios, e o outro, o mais velho, já havia estudado e tinha a própria profissão. Era um advogado iniciante, mas já com grandes prognósticos de sucesso. Auxiliava o pai com orientações e alguma decisão concernente a determinados problemas relativos a transações, e com esses dois filhos o pai estava feliz.

Antonino também estudava mas não tinha muitas esperanças nos seus estudos. Pensava somente na música e, quando começou a estudar piano, desleixou-se ainda mais dos seus estudos. O que farei eu com o que estou estudando – indagava-se – se só me interesso pela música? Jamais trabalharei em outra profissão que não esteja relacionada à música.

A mãe aconselhava-o a que se dedicasse ao curso que frequentava também, para que o pai não se desgostasse dos maus resultados que ele apresentasse, e o pusesse para trabalhar, o que viria atrapalhar sobremaneira os seus estudos de piano.

Enquanto fosse assíduo e trouxesse bons resultados, sua vida correria tranquila e poderia continuar a fazer o de que tanto gostava. Do contrário, teria que interromper os estudos e modificar a sua vida, já tão cheia de sonhos e esperanças para o futuro.

— Eu não quero aprender apenas para dar aulas, mamãe! Quero aperfeiçoar-me o mais que puder para tocar nos teatros. Quero dar concertos para um grande público e vê-lo vibrar com as notas que retirarei do piano, formando melodias que tocarão fundo os seus corações. Com o tempo, quando tiver mais conhecimento, quero transportar para o piano muitas melodias que me vêm à mente como se fossem cânticos do céu que se derramam sobre mim.

— Do que está falando, filho?

— É que vez por outra me vêm à mente algumas melodias como se me dissessem: – coloque-as no piano, transforme-as em notas musicais para que muitos se deliciem com elas.

— Você quer ser um compositor?

— Pode ter a certeza de que se essas melodias continuarem em minha mente, eu serei um compositor. Quando essas que tenho agora se transformarem em partituras para que todos as toquem, outras virão.

— De onde vêm essas melodias, filho?

— Só pode ser do céu, mamãe, tão belas são!

— E por que você foi o escolhido dos céus para recebê-las, se tem dificuldades com a aceitação de seu pai?

— Isto eu não sei! Provavelmente porque o que é mais difícil tem mais valor!

— Não entendi!

— Talvez o céu queira ver se faço jus, pela minha vontade, pela minha dedicação, perseverança e até sacrifício, a recebê-las.

— De onde tira essas ideias, filho?

— Não sei! As ideias vêm à nossa mente, não sabemos de onde, mas não a tiramos de ninguém nem de nada.

— Com certeza vêm de Deus!

As conversas do filho para aquela mãe sempre confinada no lar, cuidando dos interesses da família, provendo-lhes o bem-estar como as mães o fazem, eram muito estranhas e estavam além do seu entendimento.

Mas, mesmo assim, era uma alegria para ela ouvi-lo, ser alvo da atenção que ele lhe dispensava.

Os outros dois filhos, não obstante a amassem, eram mais reservados e dificilmente abriam o seu coração para ela como o fazia o seu Antonino.

Alguns meses transcorreram sem que o pai tivesse tomado conhecimento do que o filho realizava e ele progredia a olhos vistos.

Quando aprendeu todas as notas musicais e o seu manejo nas teclas, depois de estudar as lições do professor, ele começou a dedilhar o teclado, desejando retirar dele alguns dos sons que faziam parte do mais íntimo do seu coração, porque eram só seus, e só ele poderia transformá-los em melodias.

Algumas pequenas partes de algumas delas já havia conseguido, mas nada ainda havia anotado para fixá-las nas pautas. Precisava trabalhá-las mais para que os sons se ajustassem e fossem idênticos – o que retirava do piano e o que lhe vinha à mente e estavam guardados no seu coração.

A cada vitória, assim considerava quando conseguia alguma identidade de sons, contava entusiasmado à mãe que mais o estimulava.

— Que diz o professor do que lhe vem acontecendo? – indagou ela um dia, ao filho.

— Nada lhe contei sobre isso!

— Mas ele deve saber!

— Ainda não, mamãe! Ele é rigoroso e me advertiria, dizendo que estou me desviando do meu objetivo, e que isso só viria em prejuízo do meu aprendizado. Quando tiver uma melodia completa e tocá-la com a segurança dos que realmente sabem, eu lhe contarei.

— Bem, você o conhece, sabe o que faz.

— Ele mostra-se satisfeito comigo e diz que tenho talento, por isso aprendo depressa e sem dificuldade. Ele só lamenta eu não ter piano em casa para estudar muito mais do que já faço na casa de César.

— Quem sabe um dia você o terá!

— Papai jamais me dará um piano! Homem, para ele, não deve perder tempo com essas amenidades, como diz, próprias das mulheres que não precisam sustentar a família. Segundo ele, os que vivem da arte, estão sempre na miséria.

— Ele não deixa de ter razão, nesse ponto!

— É preferível fazer o que se gosta sem muito lucro, a ter dinheiro sentindo-se infeliz por se ver preso a um trabalho que não dá prazer.

— Isso demonstra que a sua arte já está totalmente arraigada no seu Espírito.

— Quando nasci, já devo ter trazido esse dom para a música, porque ele nasce dentro de mim e não depende de nada externo a mim mesmo.

— Se assim tiver que ser, Deus o protegerá! Ele nunca desampara nenhum de Seus filhos que são esforçados e se dedicam com amor ao que fazem.

— Eu já sou um protegido d'Ele por ter me dado a senhora como mãe!

Luzia que se emocionou com as palavras do filho, abraçou-o com lágrimas nos olhos.

Quando assim estavam abraçados, o pai entrou em casa, surpreendendo-os, e logo esbravejou:

— É por isso que seu filho vive ao seu redor! Você o trata como a uma menininha mimada. Seja homem, Antonino, e deixe a saia da mãe!

Envergonhado e ofendido no seu brio, Antonino nada respondeu, mas a mãe, desejando defendê-lo e defender a sua atitude, disse-lhe:

— Quem o abraçou fui eu e me alegro muito disso. Não vejo onde está o mal de uma mãe abraçar seu filho, enternecer-se pelo que ele diz e demonstrar seu carinho por ele.

— Você faz dele a menina que nunca teve! Ao invés de sentir-se feliz por ter tido somente homens, deseja fazer dele uma mulher.

— Você jamais entenderia o sentimento que há entre mim e ele e entre meus outros filhos, porque está sempre envolto pelo próprio orgulho. Antonino é diferente dos outros porque sabe expressar seus sentimentos, é sensível e amoroso, e não é por isso que deixará de ser homem como você.

— Não me faça rir, Luzia! Continue a tratá-lo desse modo, que logo ele estará vestido com uma das suas roupas.

— Não diga sandices e aprenda a ver seu filho como ele realmente é, sem preconceitos.

Completando suas palavras, o pai de Antonino retirou-se resmungando, deixando o filho magoado e a esposa ofendida.

— Já imaginou, mamãe, o que ele fará quando souber que estou estudando piano? Talvez me prenda em casa para que eu deixe de frequentar as aulas e não o envergonhe, segundo o seu conceito.

— Não se preocupe com o que ainda não aconteceu. Continue a dedicar-se como o vem fazendo, e lembre-se do que você mesmo falou. Se isso acontecer, o aprendizado que já realizou, ninguém poderá retirá-lo de você.

— É verdade! Mas tenho receios! Gostaria tanto de poder também conversar com ele como o faço com a senhora, abertamente, expondo-lhe os meus anseios, as minhas esperanças, as minhas conquistas, mas é impossível.

— As pessoas são diferentes umas das outras, contudo, seu pai também é bom. O seu orgulho por ter somente filhos homens, é que o faz, às vezes, ter atitudes como a que teve há pouco.

— De desrespeito! Senti-me desrespeitado por ele!

— Como pai que o é, ele imagina que pode dizer o que quiser ao filho. Ele não se preocupa com sentimentalismos nem se está ofendendo as pessoas, basta que demonstre o que considera superioridade por ser homem.

— Meus irmãos vão pelo mesmo caminho. Seguem o exemplo dele, a sua linha de pensamento, e se eu lhes dissesse que estou estudando piano, logo contariam a ele, para que me impedisse de fazê-lo, a fim de que não se sentissem envergonhados.

— Não pense assim de seus irmãos, apenas porque são diferentes de você!

— Iguais a papai! Nunca fale para eles sobre esses meus estudos nem sobre o que conversamos, para que nada venha a me impedir de continuar.

— Fique tranquilo, filho, nada direi! Quero continuar a ser a sua confidente, encorajá-lo, estimulá-lo para que se esforce cada vez mais e venha a ser um famoso pianista e um compositor de renome.

Antonino satisfazia-se com a demonstração de sentimentos entre ele e a mãe, era sensível, talvez porque só assim se encaminharia para a música, mas não sentia, em seu íntimo, nada diferente do que os outros homens sentem. Apenas reconhecia que ainda era muito novo e tinha o objetivo da arte em seu Espírito.

Esse segredo entre ele e a mãe foi-se mantendo, sem que nada tivesse sido descoberto por ninguém, e dois anos se passaram.

Os seus estudos, os que realizava para poder encaminhar-se na vida, no desempenho de uma profissão, tinha uma etapa já completa e ele preocupava-se.

O que o pai desejaria que ele fizesse depois?

Receava ter que ficar envolvido com o que não lhe desse nenhum prazer e ter o seu tempo de estudo de piano prejudicado ou ainda o que seria pior – impedido.

Não queria pensar nisso porque não desejava admiti--lo, mas não poderia furtar-se de fazer o que o pai desejasse. Assim era no seu lar. O pai decidia pelos filhos.

Com os dois mais velhos não houve problemas, porque eles se adaptavam perfeitamente aos desejos do pai e gostavam do que faziam.

Mas e ele? Nada do que o pai lhe recomendasse o satisfaria. Já havia completado uma etapa de seus estudos e, para ele, para os seus objetivos, era mais que suficiente.

Agora, se pudesse escolher, se pudesse abrir seu coração ao pai, se ele fosse um homem compreensivo e respeitasse o gosto dos filhos, ele se dedicaria somente ao piano. Queria ter um em casa só para ele e estudar, estudar, muitas horas do dia para progredir bastante.

Entretanto, nada disso seria possível! Por quê? Não teria ele direito de escolher o que gostaria de seguir? Não teria o direito de ser feliz desempenhando uma atividade que estava no seu Espírito desde criança?

Por que tinha que ser diferente dos outros?

Não havia entendido o pai de César, os pendores do filho e não adquirira para ele um piano, permitindo até que ele estudasse em sua casa, compreendendo a situação que enfrentava no lar, com o pai?

Certa vez o pai de César, que se encantava muito mais pelo que ele tocava do que com o que o filho retirava do piano, propôs-lhe conversar com seu pai a fim de auxiliá-lo.

— Não que você nos incomode aqui, ao contrário, é um prazer ouvi-lo. Mas o faria por você mesmo, para que essa situação se resolvesse de vez e você não precisasse fazer nada escondido!

— Agradeço o empenho do senhor, sou grato pelo que me permite aqui, mas é impossível. Se papai souber o que estou fazendo, poderá até me prender em casa. Não só para me impedir de estudar, mas porque se sentirá, também, traído. Ele não me perdoará e não perdoará mamãe. Não quero que ela sofra por minha causa. Ela é a única pessoa que sabe em minha casa, a única que me apoia e me estimula, e a única que sacrifica alguns regalos domésticos para retirar o dinheiro com que pago as aulas.

— Compreendo o seu receio, mas, mais dia menos dia, ele terá que saber.

— Tremo só em pensar no que pode acontecer.

— Você deve se lembrar de que é quase um homem e não ficará sempre na dependência dele.

— Não vejo em como me libertar dela!

— Você é um rapaz amante da arte a que se dedica. Só começou a estudar mais tarde, justamente por causa de seu pai. Aconselho-o a que faça o que ele deseja. Estude o que ele quiser, forme-se e conquiste a sua independência. Sendo independente, ninguém poderá interferir no que fizer. Aí você intensificará os seus estudos de piano, recuperará o tempo que perdeu de uma dedicação maior, e será feliz fazendo só o que deseja.

— Vou pensar no que o senhor diz, mas, mesmo assim, não será fácil.

— O seu pai não poderá exercer um domínio sobre você a vida toda.

2 OBEDIÊNCIA

O PAI DE CÉSAR aconselhara Antonino como se o fizesse ao próprio filho diante de algum problema, e ele saiu de sua casa mais fortalecido, mais encorajado.

Chegou a casa mais animado e, encontrando o pai que ultimamente procurava evitar para não ouvir o que não desejava, imaginando que assim procedendo pudesse se furtar à sua autoridade, falou-lhe:

— Papai, precisamos conversar!

— Há muito venho tentando, e só não insisti para ver até quando você se esquivaria de mim.

— Longe de mim esquivar-me do senhor, o meu pai a quem tudo devo! Se assim fosse, não o procuraria agora para resolvermos uma questão de capital importância para mim, que são os meus estudos.

— Já tenho bem delineado o que deve fazer, a fim de que seja como seus irmãos, trabalhadores, interessados nos negócios, e não fique o tempo todo que está em casa, ao redor de sua mãe.

— Gosto muito de mamãe, e a companhia que ela me faz e que faço a ela, é um grande bem para nossos corações.

— Homens não precisam preocupar-se com o coração e com os sentimentos que partem dele, mas usar o cérebro para serem vencedores na vida.

— Tanto os homens como as mulheres têm sentimentos, e a maioria deles é capaz de se sensibilizar com a beleza, com a ternura e com as atitudes nobres.

— Não vamos discutir isso agora!

— Mas o senhor deve reconhecer que, embora tente dissimular, também tem bons sentimentos. Se se casou com mamãe é porque gostava dela. E acredito também que goste de seus filhos, não é verdade? Por isso se interessa por nós, em nos proporcionar o melhor segundo o seu modo de encarar a vida.

— Que é a forma como um homem que se sente verdadeiramente homem deve encarar. Sou responsável pela minha família, desejo para meus filhos o melhor, mas que eles não se desviem do caminho que um homem deve percorrer, preocupando-se com a beleza da natureza, com as flores, com o canto dos pássaros, que a nada levam.

— É preciso, papai, que atentemos para tudo isso, como uma forma de colocarmos um pouco de lirismo e ternura em nossas vidas, para suavizar as lutas diárias que todos devem empreender. O senhor mesmo, se prestasse mais atenção a tudo o que falou, veria quanto bem lhe faria.

— Bem, não me procurou para falar dessas amenidades

que devem ser próprias das mulheres que não têm nada com que se preocupar.

— Não, papai! Vim para que o senhor diga o que pretende de mim em relação aos meus estudos.

— Estou estranhando essa docilidade e submissão, você que me parecia sempre desligado da realidade.

— O senhor está enganado, papai! Desejo estudar, aprimorar-me, conforme o que o senhor deseja.

— Assim é melhor porque evita discussões e imposições.

— Pois então, fale, papai!

— Você irá frequentar o curso de Direito como seu irmão já o fez, e poderão, depois, trabalhar juntos. Ele o orientará como eu próprio o faria se também tivesse tido a oportunidade do estudo. Assim terei dois filhos advogados para a minha alegria.

— Se assim é, pode providenciar a minha matrícula que estudarei Direito conforme deseja.

— Estou estranhando você, hoje, meu filho!

— Sou sempre assim papai, submisso e obediente, como está vendo. Reconheço sua autoridade e sei que deseja para nós, o melhor.

— Está bem! Está bem! Amanhã mesmo providenciarei a sua matrícula e logo, quando recomeçarem as aulas, você estará habilitado a frequentá-las. Porém, um diploma não se conquista só com o frequentar aulas, mas com dedicação, aplicação e esforço, como espero que você o faça.

— Fique tranquilo, papai! Enquanto estiver sob sua tutela e responsabilidade, serei submisso e farei o melhor para agradá-lo.

— O que quer dizer com isso? Não estou entendendo!

— É muito simples! Devo ser reconhecido ao seu esforço em querer para mim o melhor, sendo dedicado e submisso à sua vontade porque, depois de formado, viverei às minhas expensas e o senhor não precisará se preocupar mais comigo.

— Pareceu-me que na sua fala havia algo escondido!

— Por que haveria? Talvez eu não tenha conseguido expressar-me bem.

TERMINADA A CONVERSA, Antonino sentiu-se aliviado. Se não havia outro jeito, teria que acatar a vontade do pai, e nada melhor que concordar. Faria o possível para continuar a frequentar as aulas de piano e estudar na casa de César, cujo pai era compreensivo e não só concordava com o filho, mas estimulava-o a que progredisse cada vez mais.

Luzia não entendeu bem aquela conversa de Antonino com o pai, mas na primeira oportunidade em que ficaram sós, ele abriu seu coração a ela, fazendo-a entender que, concordando com o que ele quisesse, seria a única forma de conquistar sua independência para fazer, depois, o de que gostava.

— Seu pai se sentirá lesado!

— Não, porque terei de trabalhar, mamãe! Mas, dentro da profissão que papai escolheu para mim, terei tempo suficiente para fazer o que desejo, até que possa libertar-me de vez de qualquer ocupação que não seja a música, à qual me dedicarei com amor em todos os momentos de minha vida. Já me sinto feliz só em pensar nisso. Se pudesse, estudaria noite e dia para me liberar logo do curso de Direito, mas nada foge à rotina já estabelecida e terei de esperar alguns poucos anos.

Tudo foi realizado conforme o pai de Antonino propusera e ele concordara, porque nem adiantaria opor resistência, e o amante da música já frequentava as aulas da faculdade de Direito.

Seria mais um advogado, mas o seu pensamento era outro. Aplicava-se o mínimo possível no que não podia se furtar de fazê-lo, para justificar sua presença na sala.

Muitas vezes, enquanto o professor falava, seu pensamento estava longe. Era levado por alguma música que aprimorava no piano, ou atento ao que ouvia dentro de si, formando uma nova melodia que o deixava ansioso para colocar no piano, retirando-a sonoramente através das notas que ia encontrando para se identificar com o som que ouvia e anotava. Assim ficariam eternizadas, não só através de suas mãos, mas presas nas pautas, pronta para quem com ela quisesse enlevar-se.

Estudando pouco, mas atendendo aos seus pendores musicais o mais que podia, e ainda cuidando para que o pai não descobrisse, o tempo foi passando e ele encontrava-se no último ano do seu curso, e era quase um advogado.

Seus dois irmãos mais velhos já haviam se casado e constituído a própria família, em novos lares.

Bem que o pai quisera e insistira para que permanecessem todos juntos, na mesma casa, mas eles não aceitaram. Tinham uma independência financeira que lhes permitia gerir a própria família, sem ficar na dependência de ninguém, e temiam que as esposas não se acostumassem com o domínio de seu pai, porque, com certeza, ele interferiria até na vida delas.

Conheciam bem o pai que tinham e eram semelhantes a ele em quase tudo, o que não daria certo; e era hora de terem, também, a sua liberdade.

O mais velho que se casara primeiro assim insistira e, como a sua vida de casado ia indo bem, o outro, ao chegar a sua vez, fez o mesmo.

A casa ficara mais vazia, o encargo com a família mais fácil para Luzia porque se vira reduzido, mas o marido ficara mais ranzinza porque não tinha o controle total dos filhos, pois, embora separados, gostava de interferir.

Antonino, apesar da ocupação com o curso que frequentava, não deixou o estudo de piano, acomodando-o dentro do possível e permitido pelos horários disponíveis, e o pai estava implicando, agora que tinha só ele, porque o filho não parava em casa.

Até da mãe ele estava mais afastado, não por gosto, mas por necessidade. Era preciso aproveitar seu tempo.

O pai, imaginando que ele estivesse se dedicando completamente aos seus estudos, como o filho se justificava, não reclamava muito mais.

O seu último ano completou-se e ele formou-se advogado. Quando recebeu o diploma, a sua vontade era entregá-lo ao pai, dizendo:

— Aqui está o diploma que o senhor tanto desejava que eu conseguisse. Ele é todo seu! Guarde-o com carinho porque eu, agora, vou cuidar da minha vida, vou fazer o de que gosto e esquecer que sou um advogado, para só lembrar que serei um pianista famoso.

Mas, infelizmente para ele, ainda não poderia fazê-lo. Continuava a ser dependente do pai e tinha que ser submisso a ele.

Era fora de dúvida que o pai estava muito feliz e orgulhoso. Tinha, conforme desejava, dois filhos advogados e um que trabalhava consigo auxiliando-o nos negócios, conquanto o que era advogado, constantemente, era solicitado para alguma informação ou para a resolução de alguma pendência.

Luzia também estava orgulhosa do filho, não porque era um advogado como o pai desejava, mas porque vencera uma etapa que lhe fora difícil, e agora poderia dedicar--se mais aos estudos do que tanto amava.

— O primeiro dinheiro que ganhar e que for só meu, mamãe, sabe como vou empregá-lo?

— Nem imagino, filho, ou tenho receio de imaginar, porque irá gerar um problema sério aqui em casa.

— Se eu estiver trabalhando como papai deseja, ele não terá como se opor. Terei o meu piano, colocá-lo-ei em meu quarto, e lá passarei estudando todas as horas que puder.

— Seu pai não vai permitir!

— Sinto muito pela senhora, mas se eu tiver condições e se papai me impedir de estudar aqui em casa, terei de sair e viver a minha própria vida.

— Se conversar com ele, quem sabe ele entenderá, agora que você não é mais uma criança. Já é um advogado!

— Ainda não é hora, mas tudo farei para ter o meu piano o mais rápido possível. Chega de estudar escondido e de ter que estar constantemente na casa dos outros. Sou grato a eles que me permitiram estudar lá todos estes anos, mas terá que ter um basta. César progrediu bastante nos seus estudos e está pensando em ir para Roma aperfeiçoar-se mais. Quem sabe eu também não vá com ele?

— Você passará fome, lá, meu filho!

— Dá-se um jeito! Sei que ainda não é hora disso, mas preciso começar a caminhar pelos próprios passos, e o Direito, a senhora sabe, não me interessa, nem serei um bom advogado. Cada um precisa aperfeiçoar-se no que gosta de fazer, e não no que querem que ele faça, para não ser um fracassado na vida. Todos nós nascemos para sermos vitoriosos e eu quero ser um vitorioso na minha arte.

— Suas palavras assustam-me!

— Fique tranquila, mamãe, tudo terá sua hora, não vamos sofrer por antecipação!

NOVAS ESPERANÇAS, agora alicerçadas na mudança que teria a sua vida, davam alento a Antonino.

Contudo, como ele poderia realizar o que pretendia, se nada ainda possuía, nem uma única oportunidade de trabalho?

O pai, porém, que mesmo com os filhos adultos achava-se no direito de decidir por eles, já havia conversado com Fúlvio, seu outro filho advogado, mesmo antes de Antonino conseguir o seu diploma, para que ele fosse trabalhar em seu escritório.

O irmão que já podia até tê-lo convidado desde que ele era ainda um estudante, para ir aprendendo a lidar com os clientes, deparando-se com as causas dentro da realidade da vida e não as que os livros expõem, nunca o fez. Preferia não fazer do seu trabalho um prolongamento do lar, para que questões não surgissem e pudessem interferir na vida em família, no respeito e na amizade que sempre mantiveram um com o outro.

Mas, face ao pedido do pai que, na verdade, era uma quase imposição, ele não pôde negar.

Se Antonino pudesse contar com a discrição do irmão e lhe confiar o seu segredo, com certeza teria o tempo suficiente para estudar e aperfeiçoar a sua arte.

Mas como confiar nele que não tinha sensibilidade para nenhuma arte e possuía, no seu Espírito, a praticidade do pai?

Ele poderia até ser considerado um displicente, um vagabundo, e isso ele não queria porque logo o pai ficaria sabendo do que fazia e do que fizera durante os últimos anos.

As horas que o irmão lhe impôs eram muitas e não lhe sobraria tempo para as aulas.

Restava-lhe a noite, mas o professor, já não tão jovem, ocupado o dia todo com os alunos, à noite, queria tê-la para o seu descanso ou para que ele mesmo, na tranquilidade do seu isolamento, pudesse enlevar-se com as melodias que retirava do seu piano.

Sem saber como resolver essa situação, estava difícil para o jovem advogado que não conseguia trabalhar direito nem atender aos pedidos do irmão em relação a algum trabalho. Sua atenção estava sempre fora do escritório e ele, que não nascera para ficar sentado diante de uma mesa, vivia absorto e seu trabalho nada rendia.

Fúlvio por diversas vezes chamou-lhe a atenção desejando saber o que estava acontecendo. Ele dava uma desculpa, voltava à sua atividade, mas logo a sua atenção se dispersava novamente, envolvido com as músicas que tinha em mente.

Às vezes, nesses momentos de alheamento, ele começava a dedilhar na mesa, como se estivesse retirando do piano uma bela melodia. De outras, quando tinha a inspiração de uma nova melodia, assim procedia, como querendo fixá-la em sua mente através dos dedos que procuravam as notas para compô-la.

Fúlvio estava ficando irritado e, certa vez, disse-lhe sem nenhuma preocupação de ser gentil ou educado:

— Quando estava só, o meu trabalho rendia mais porque eu fazia e não esperava nada de ninguém. Agora você não me ajuda em nada e ainda me atrapalha. Se assim continuar, se não se aplicar no que faz, se viver o tempo todo com o pensamento longe daqui, não precisa vir mais.

— Por mim, eu não estaria aqui! Só vim porque papai me obrigou.

— Afinal, você é um advogado! Onde leva o seu pensamento que sempre está ausente daqui? Você está apaixonado, por acaso? Não me consta que alguma vez, tenha se interessado por mulher alguma. O que está acontecendo?

— Nada de mais! Apenas o Direito nunca me atraiu e só fiz o curso por causa de papai.

— O que o atrai, então? Ficar o tempo todo junto de mamãe, sem nada fazer?

— Você não sabe de nada por isso me ofende!

— Do que eu não sei? Se não sei, conte-me, quem sabe eu possa entendê-lo!

— Não tenho nada a lhe contar porque nada há!

— Então por que falou que eu não sei de nada?

— Não sei! Não sei! Pare de me atormentar!

— Então volte ao trabalho senão direi a papai que não o quero aqui! Que ele arrume outro lugar para você ficar! Porém, se nesse outro lugar proceder como o vem fazendo aqui, em poucos dias estará na rua outra vez.

A situação de Antonino estava se complicando. Não gostava da profissão que lhe impuseram, não conseguia fixar-se no que realizava, e não tinha, ainda, coragem de abrir seu coração ao pai.

Se Fúlvio o impedisse de comparecer ao escritório, não haveria outro jeito. Teria que revelar ao pai o que gostaria de fazer o tempo todo. Contaria o que estava fazendo há alguns anos e enfrentaria, depois, ou a sua fúria por sentir--se traído, colocando-o fora de casa, ou, vendo que não adiantaria ser intransigente, o apoiaria. Era um risco que deveria correr.

Entretanto, ainda deveria aguardar os acontecimentos para depois enfrentar as suas consequências.

Era preciso conversar com a mãe, porque ela, tendo a sabedoria que só as mães possuem para aconselhar seus filhos, teria para ele a palavra certa.

Mas estava difícil conseguir uma oportunidade. Ele passava todo o dia fora e, à noite, o pai ficava em casa.

Mesmo assim, num momento em que ele precisou afastar-se do lar para atender a um compromisso, Antonino abriu seu coração à mãe e contou-lhe o que estava acontecendo, incluindo a ameaça do irmão de mandá-lo embora do escritório.

Ela, com a calma e a prudência dos que já viveram bastante, depois de ouvi-lo, disse-lhe:

— Quem sabe, filho, isto não esteja acontecendo justamente por que chegou o momento de contar tudo a seu pai? Sim, filho! Um dia ele precisará saber, e é melhor que saiba por você mesmo, que por outros. Já imaginou o quanto ele ficará furioso se Fúlvio lhe contar o que vem acontecendo no escritório? Ele investirá sobre você com toda a sua ira, e será pior. Serão duas decepções ao mesmo tempo, porque terá que se justificar. Se falar num momento em que ele estiver calmo, aqui em casa, toda essa situação poderá mudar. Eu o ajudarei. Estarei presente e o defenderei.

— A senhora também será atingida pela indignação dele, que não se conformará por ter sido enganado, como considerará. Não sei se devo, mamãe! Vou pensar bastante no assunto!

— Mas não demore muito! Dessa situação surgirá dois caminhos que você tem que se arriscar a enfrentar. Ou a compreensão dele diante do que não tem mais volta, que são seus estudos de música, ou a sua intransigência, cujas consequências não sabemos.

— Tenho medo!

— Mas não poderá viver assim para sempre! Você tem um grande futuro através da música e vive oprimido e reprimido pelo que ele poderá fazer quando souber. Decida-se de uma vez, meu filho, e siga o seu caminho. Deus sempre dá forças àqueles que se dedicam com amor ao que fazem.

3 DECISÃO

A MÃE DIZIA-LHE uma verdade mas era muito perigoso arriscar. Nunca se saberia a reação do pai, que poderia ser tão radical que sua vida teria de mudar completamente.

Se ele fosse tomado de irritação não o perdoaria e o colocaria fora de casa sem nenhuma piedade.

Antonino tinha a sua arte, mas nada ainda lhe renderia. Na profissão não tinha a prática dos que já a exerceram por muito tempo, e nada também retiraria dela.

A situação era conflitante, porém, mais conflitante era fazer uma coisa pensando em outra. Seria um péssimo profissional no que dissesse respeito ao Direito, mas se tivesse condições de continuar estudando e aperfeiçoando-se na sua arte, seria um excelente pianista, quem sabe um virtuose.

O pai poderia, também, numa demonstração de bondade e entendimento, o que era bem mais difícil, compreender o drama interior que ele estava vivendo e dar-lhe as condições para que estudasse piano.

Se ficasse apenas em conjecturas e receios, nunca saberia a reação dele.

Deveria, pois, seguir o conselho da mãe e revelar-lhe toda a verdade que seu íntimo abrigava, para só depois saber o que aconteceria. Ele, um homem, estaria na dependência do pai para decidir sobre a sua vida, como se fosse uma criança que iria aprender as primeiras letras.

Era a sua vida que estaria em jogo, ao menos terminaria de vez com aquela angústia pelo que aconteceria, pelo seu desejo de estudar música às claras e pela profissão que não gostava ou não conseguia exercer, mesmo no que ela possuía de mais elementar que era apenas auxiliar o irmão.

O seu temor crescia, e à espera do momento favorável uma angústia sem fim.

Numa noite em que o pai lhe pareceu mais cordial com ele, em presença da mãe, Antonino falou-lhe:

— Papai, tenho um assunto muito importante para discutir com o senhor!

— O que terá de tão importante um menino que vive à volta da mãe?

— Não sou mais menino! Esqueceu-se de que já sou um advogado? Mas é justamente sobre isso que desejo falar-lhe.

— Pois que então fale logo!

— Não tenho me saído bem no escritório de Fúlvio, e ele não tem muita paciência comigo.

— Se não está se saindo bem é porque é relapso e descuidado. Quem tem vontade, se dedica e progride.

— Tem razão, papai! Mas não consigo! Fiz o curso de Direito somente para agradá-lo, mas não gosto dessa profissão.

— De que gosta você? De ficar com a mamãe? E o que ela tem a ensinar-lhe que não seja a direção de uma casa? É isso que quer aprender?

— Não coloque mamãe na nossa conversa que ela nada tem com isso! Mamãe apenas compreende essa minha angústia e sabe do que gosto porque posso abrir o meu coração para ela.

— Angústia é para mulheres, mas não vamos discutir isso agora! Diga-me o que sua mãe sabe a respeito do que gosta, então!

— O senhor deve lembrar que desde criança quis estudar piano, mas o senhor nunca concordou. Muitas vezes lhe pedi, mas nunca, por sua aquiescência, pude satisfazer esse meu desejo.

— Não me arrependo disso! Se tivesse estudado piano, hoje seria muito pior do que é, e poderia até estar vestido de mulher. Piano não é para quem se sente verdadeiramente homem! Piano foi feito para mulheres que não têm o que fazer enquanto esperam marido.

— O senhor está enganado! Há muito mais homens estudando piano que mulheres. Há grandes compositores que são homens e eu quero ser um deles.

— O quê!? Quer ser um compositor? Como quer ser um compositor se nunca viu um piano na sua frente?

— Aí é que o senhor se engana! Mesmo sem o seu consentimento tenho estudado piano todos estes últimos anos, e tenho me saído muito bem! Tenho a inspiração de muitas músicas cujas notas devo colocar na pauta, mas é difícil porque não tenho o instrumento.

— Chega! Chega! Não quero ouvir mais nada! Filho meu não toca piano! Como conseguiu meios para pagar as aulas.

— Não quero dizer!

— Pois terá que fazê-lo! Será que fui roubado para isso?

A mãe, vendo a situação agravar-se, interferiu dizendo:

— Eu proporcionei-lhe os meios para que estudasse. Não acuse nosso filho de nada!

— E você, de onde tirou o dinheiro? Não me consta que o tenha!

— Das sobras das despesas da casa!

— Então o dinheiro era meu, e continuo a afirmar: fui roubado, sim!

— Compreenda, papai, e aceite que eu estude piano! Um dia o senhor terá orgulho de mim!

— Nada que venha da música, muito menos de você, me dará orgulho! O que você me dá é muito desgosto! Aqui, nesta casa que é minha, não há lugar para pianistas. Não quero que me envergonhe perante meus amigos, por ter um filho pianista. Se quiser seguir na sua profissão e esquecer a música, poderá ficar aqui. Se continuar a dedicar-se a ela, poderá mudar-se. Não o quero mais nesta casa e, do momento em que sair, passarei a ter somente dois filhos. Você estará morto para mim!

— Não faça isso! – suplicou-lhe Luzia. – Amo os meus três filhos e quero-os comigo. Compreenda! Visite o professor dele e verá quantos alunos homens ele tem e procure conversar com as suas famílias para ver como os estimulam. Não seja intransigente!

— Deixe, mamãe, não se preocupe!

— Como não me preocupar?

— Pelo menos uma situação definiu-se e papai revelou-se por completo. Ele não me tem amor. Se o tivesse me compreenderia e me aceitaria com as tendências que tenho. Mas ele prefere que me vá desta casa para não passar vergonha, segundo o que diz. A preservação do seu orgulho é mais importante que o filho. Eu me vou, papai! Só peço que me deixe aqui esta noite, e amanhã logo cedo eu sairei.

— Para onde vai, filho? – indagou a mãe chorando. – Compreenda seu filho! – rogava ao marido.

Ele, no entanto, mantinha-se calado. Amava também o filho mas a sua palavra era uma só! Homem não volta atrás, mesmo a custo de muita dor. E era o que estava sentindo naquele momento. Fora severo e tinha que manter a palavra.

Para continuar a manter a mesma postura e com medo de se trair diante do desespero da esposa, ele afastou-se e foi para o seu quarto.

A mãe, junto do filho, culpava-se pelo conselho que lhe havia dado.

— Não se culpe, mamãe! Define-se, assim, o que me angustiava há tempos.

— Mas o que fará, onde irá? Eu nada tenho para lhe dar!

— Eu me arranjarei! Como, não sei, mas me arranjarei! Preciso ir embora desta cidade.

— Não faça isso, filho! Fique por aqui mesmo para que eu possa vê-lo!

— É impossível, mamãe, depois do que houve hoje. Não posso permanecer nesta casa e muito menos nesta cidade. Se me encontrasse com papai ele iria desprezar-me, desconhecendo-me como filho, conforme o disse, e eu não suportaria.

— Tenho uma ideia! Vá para Roma na casa da tia Vitória, ela o receberá!

— Nem a conheço, mamãe!

— Não tem importância, é minha irmã! Não nos visitamos, mas nos correspondemos! Quando falo de meus filhos, nas cartas, demoro-me mais falando de você, da sua arte. Ela está muito bem de vida e tem até um piano em casa, que compraram para uma filha, a única que têm, mas parece que logo ela se desinteressou da música e o piano está lá!

— Como sabe de tudo isso e nunca me contou?

— Com medo de que você se entusiasmasse e quisesse mudar-se para lá, deixando-me! Agora, porém, pelo rumo que os acontecimentos tomaram, não há outro jeito. Sinto imensamente e o meu coração está cheio de dor, mas se souber que você está na casa dela ficarei mais tranquila. É a melhor solução para o momento.

— Sinto-me constrangido de chegar lá e viver às custas dela. E o seu marido, como é?

— É um homem bem posto na vida mas não tão intransigente quanto seu pai. Eles o receberão bem!

— Não tenho dinheiro nem para a viagem!

— Falarei com Fúlvio para que seu pai não se sinta roubado se pedir ao seu outro irmão, e ele não mo negará!

— Como vou viver sem a senhora, mamãe, que me compreende, me estimula e me apoia?

— Não será fácil para mim também, mas estando na casa de Vitória não terei tantos cuidados. Trocaremos cartas, filho! Vou escrever uma longa carta para ela explicando o que aconteceu. O que eu não disser você lhe contará pessoalmente, e peça-lhes também que o ajudem a arrumar um emprego para não viver totalmente às expensas deles.

— Assim o farei! Sinto-me, agora, um pouco mais animado! Quem sabe, o que aconteceu hoje aqui, é a oportunidade que me estava reservada, para que me dedique à minha arte! Estando lá, mesmo que trabalhe, me sobrará muito tempo se me autorizarem a utilizar o piano à noite.

— Vá descansar agora, filho, que amanhã será outro dia. Vou preparar suas roupas e amanhã bem cedo, antes de seu irmão sair, irei à casa dele pedir algum dinheiro para você levar, ao menos para a viagem e alguma outra necessidade, até que tenha um emprego.

— A senhora é o anjo que Deus colocou na minha vida.

Assim falando, abraçou-a ternamente, depositou-lhe um beijo na testa e foi para o seu quarto.

Ah, como a sua vida se modificava de um momento para outro!

Juntou todos as partituras que vinha acumulando às escondidas do pai, para colocar também, na mala, quando sua mãe viesse arrumá-la.

Olhava as paredes de seu quarto, sua cama, a mesma que sempre usara desde que deixara o berço, e já sentia saudades. Mas, talvez, fossem portas que estavam se abrindo para ele. Ali, junto do pai, nunca seria ninguém – nem na profissão para a qual se preparara por imposição dele, porque dela não gostava, nem na música porque teria sempre o pai para cerceá-lo.

Assim pensando animou-se um pouco mais e recostou na cama para pensar.

Na manhã seguinte, antes de partir, passaria pela casa do professor para explicar-lhe o que houvera, para despedir-se e perguntar-lhe se ele conhecia algum professor em Roma, e se poderia recomendá-lo.

Naquela noite não dormiu. A mãe, depois de providenciar suas roupas foi a seu quarto arrumar sua mala e ainda ficaram conversando longo tempo.

O pai de Antonino, tendo tomado aquela medida e se recolhido em seu quarto, não sabia o que estava acontecendo. As horas passavam e Luzia não vinha deitar-se. Ele estava curioso mas não podia levantar-se para investigar. O melhor mesmo era ficar quieto no quarto e, no dia seguinte, veria o que havia acontecido.

Com certeza o filho não iria desobedecer-lhe, e a ausência da esposa no quarto seria para providenciar a partida dele.

A NOVA MANHÃ surgiu sem que ninguém tivesse dormido. Cada um, envolto pelas próprias emoções e sentimentos, pensou, pensou muito, a noite inteira.

O pai de Antonino, lamentando ter que chegar ao ponto que chegou, não compreendia como um filho seu pôde ter se afeiçoado à música, de tal forma, preferindo deixar o lar a deixá-la.

A mãe, na iminência de perder o filho, mas feliz porque

ele iria dedicar-se ao que gostava, reviveu toda a vida dele, desde o nascimento, e dizia de si para consigo:

— Quando recebemos um filho no nosso seio de amor, não sabemos o que ele traz para desenvolver. Amamo-lo intensa e incondicionalmente, mesmo antes que chegue à luz, sem sabermos o que ele será ou o que quererá para a sua vida. À medida que vai crescendo e demonstrando a sua personalidade, se for sensível, amoroso e dedicado, mais ainda o amamos, porque nos compreende e recompensa com carinho, todo o amor que lhe dedicamos. Ah, como ficarei sem o meu querido Antonino, bênção de Deus a mim confiada?

O próprio Antonino, a exemplo da mãe, mas sob a sua visão, reviveu, também, a sua vida junto dos familiares, mais especificamente da mãe, revivendo, também, o modo de ser do pai, que, pela sua intransigência, obrigava-o, agora, a deixar a casa que amava, com os familiares que também amava, mesmo o pai, do jeito que era. Lamentava, também, ter que tomar aquela medida drástica, mas não havia outro meio.

Não queria passar toda a vida frustrado por não poder realizar o que já trouxera impregnado em todo o seu Espírito, que era a sua arte.

— Um dia papai mudará e poderei voltar!

Cada um, à sua maneira, viu as horas passarem e Antonino, a hora cruel da partida chegar.

O pai dele, antes que a esposa e o filho levantassem, levantou-se e deixou o lar. Saiu andando pelas ruas, mesmo ainda antes das claridades envolverem a Terra. Não queria ver a esposa acusá-lo, nem o filho partir.

Assim que ele saiu ela também se levantou, preparou

a primeira refeição para o filho, deixou a mesa posta e foi procurar Fúlvio, antes que saísse para o trabalho.

Expondo o que havia acontecido ela pediu-lhe uma importância em dinheiro para dar a Antonino. Ele, discordando da atitude do irmão que tinha em mãos uma bela profissão e a desprezava, não podia negar o atendimento ao pedido da mãe que estava sofrendo tanto. Ao entregá-lo à mãe, disse-lhe:

— Não sei se estou fazendo o que é certo. Não sei se estou colaborando para a felicidade dele ou para a sua desgraça.

— Ele precisa tentar, filho! Todos têm esse direito. Só seu pai não entende.

Agradecendo o gesto do filho ela despediu-se e voltou logo para casa.

O filho estava pronto para a partida. Ficou mais algum tempo com a mãe, trocando palavras que já revelavam a saudade que sentiriam um do outro. Ela deu mais uma olhada em sua mala, acrescentou mais um agasalho, fechou-a e ele, despedindo-se, sem evitar que as lágrimas empanassem o brilho de seus olhos, abraçou-a intensamente e partiu, levando a mala em uma das mãos e, no outro braço, um casaco pesado para o inverno.

Como pretendia, conversou com o professor que lhe indicou um colega de Roma, recomendando-o, e Antonino ainda lhe pediu que agradecesse César pelo que havia feito por ele, dizendo que só não passara pela sua casa para agradecer pessoalmente, sobretudo a seus familiares, porque tudo acontecera muito de repente e ele tivera que partir.

Colocando a carta no bolso, junto com a que a mãe lhe dera, abraçou o professor e partiu para a estação onde tomaria o trem. Nem o horário sabia, mas estaria lá e esperaria o quanto fosse.

Ah, que viagem longa! O ruído cadenciado do trem proporcionava-lhe um leve sono, depois de uma noite sem dormir, mas logo despertava, pela consciência da realidade que estava enfrentando e que o assustava pelas surpresas que poderia encontrar. Estava partindo para o desconhecido, que tanto poderia ser muito alvissareiro, como muito triste e de grande sofrimento.

Como nada mais tinha volta, concluiu a viagem. Na estação procurou informar-se a respeito do endereço que trazia e, depois de diversas indicações que foi refazendo pelos caminhos que seguiu a pé para economizar dinheiro, viu-se diante da casa da tia.

A aparência era a de uma casa muito melhor que a de seu pai. Olhou por algum tempo e, sem muita demora, bateu. Logo escureceria e seria mais desagradável bater à porta de alguém.

Uma criada atendeu, indagando o que ele desejava.

— Desejo falar com a senhora Vitória, é aqui que ela mora, não é?

— Sim, é aqui mesmo, mas a senhora Vitória, no momento, não pode atendê-lo. Ela está enferma e acamada.

— Venho da parte da irmã dela, a senhora Luzia, de quem sou filho. Preciso falar à minha tia. Tenho uma carta de mamãe para entregar-lhe.

— Espere um momento que vou falar com ela.

Depois de alguns minutos, acompanhando a criada,

veio uma jovem atendê-lo, que ele compreendeu, deveria ser sua prima, filha da tia Vitória.

— Mamãe não está bem de saúde, mas pediu-me para fazê-lo entrar.

— Obrigado, senhorita! É filha da tia Vitória?

— Sim, somos primos! Entre e acompanhe-me!

Antonino tomou a mala que havia depositado no chão e acompanhou a jovem que o levou direto ao quarto da mãe, tendo recomendado que ele deixasse sua bagagem na sala.

A casa pareceu-lhe muito bonita, mais bem decorada que a dele, e concluiu que sua mãe tinha razão. O marido da irmã de sua mãe deveria ser muito bem posicionado na vida.

Um tanto constrangido, Antonino seguiu a prima que caminhava à sua frente, porém, mais que constrangido, ia receoso.

Não esperava encontrar a tia enferma e tinha receio de que ela, pela situação que estava vivendo, não o aceitasse para morar em sua casa.

Nem o piano viu onde estava colocado, preocupado seguindo a prima.

Diante de uma porta ela parou, dizendo-lhe:

— É aqui o quarto de mamãe! Ela o espera.

— Receio incomodá-la!

— Entremos!

Entrando após a prima, ele deparou-se com uma senhora mais ou menos da mesma idade de sua mãe, com alguns traços que revelavam serem irmãs, mas não lhe pareceu que ela estivesse bem.

Diante dela, depois da surpresa do inesperado, Antonino disse-lhe:

— Lamento encontrá-la enferma, mas mamãe pediu-me que lhe entregasse uma carta com um pedido que lhe faz.

— Fico contente em conhecer um dos filhos de Luzia, e lamento, também, não estar bem de saúde para recebê-lo melhor.

— Agora nem sei mais se lhe entrego a carta ou não!

— Não é para mim?

— Sim, senhora!

— Pois então ma entregue!

Retirando as duas cartas do bolso do seu paletó, viu qual era para sua tia, entregou-a, guardando a outra.

— Leia-a para mim, filha!

A jovem tomou a carta, sentou-se na beirada da cama, junto da mãe, ao mesmo tempo em que apontou uma cadeira para que o primo se sentasse e começou a leitura.

De começo ela falava da saudade que sentia, tantos anos separadas, mas, mesmo assim, confirmava o amor que sempre sentiram uma pela outra. E, em nome desse amor e da boa amizade que sempre mantiveram, depois de expor toda a situação que Antonino vivia no lar, com o pai, pedia que ela o recebesse em sua casa até que ele pudesse viver por si só, ou que alguma oportunidade lhe surgisse.

A tia, lamentando o que o sobrinho estava vivendo, disse à filha:

— Veja, você que tem tudo em nossa casa, não soube aproveitar a oportunidade que lhe demos, enquanto seu primo precisou até sair de casa para poder seguir a arte que o atrai tanto!

A jovem nada respondeu e Antonino ficou aguardando a resposta da tia, que não se fez demorar.

— Temos muito prazer em recebê-lo em nossa casa, mas, no momento, meu marido não se encontra em casa e eu devo consultá-lo. Ele é bom e não se oporá, mas devo falar com ele.

— Compreendo, titia, e sinto-me constrangido diante desta situação: – da minha por não ter para onde ir, e a da senhora por estar acamada. Só espero que não tenha nada grave e que em breve possa estar em pé novamente.

Ela olhou para a filha, como querendo dizer:

— Assim fosse, meu jovem! Assim fosse...

Ela sabia que o mal que a acometia era irreversível. Poderia ter alguma melhora, mas levantar-se pelos próprios pés seria impossível. Ela sofrera uma paralisação dos membros inferiores, em consequência do mal que a penalizava, e um retorno à completa mobilidade seria muito difícil.

O médico dissera que ela, após mais alguns dias, poderia ser retirada do leito e colocada numa cadeira de rodas, por algumas horas durante o dia. Pelo menos para não ficar segregada somente em seu quarto, constantemente acamada, para não complicar mais a sua saúde.

Ainda não haviam descoberto qual era o seu mal. Ela começara, há tempos, a sentir certa dificuldade nas pernas, que foi se agravando, até que não conseguiu mais ficar em pé.

Por isso, talvez, há muito tempo não escrevia à irmã

que imaginava, ela estivesse bem. Não queria levar-lhe notícias tristes.

O marido havia saído justamente para providenciar-lhe uma cadeira onde ela pudesse ficar confortável, com os pés apoiados e conduzida onde quisesse, ao menos dentro de casa.

4 UMA NOVA VIDA

ANTONINO, FACE A ESTA situação, estava apreensivo. Não conhecia o marido de sua tia e era justo que ele não quisesse nenhum estranho vivendo em sua casa. Ainda mais possuindo uma filha jovem também, conquanto aparentasse ter alguns anos a mais que ele, e a esposa enferma, requerendo cuidados especiais.

Uma pessoa a mais na casa traria problemas a todos. Ele reconhecia que não daria muito trabalho, seria discreto e ficaria quieto no canto que lhe dessem, mas, e o piano? Onde estava que não o vira ao entrar? Talvez não tivesse prestado atenção pela preocupação, mas ele deveria estar na sala.

E, mesmo que lá estivesse, lhe permitiriam estudar nele, diante do que enfrentavam no lar?

Fora muito difícil para ele deixar o lar, mas estava, também, sendo difícil ficar à espera de que decidissem a sua vida, porque, se não o aceitassem na casa, ele não teria para onde ir.

A espera da volta do tio lhe estava sendo angustiante. Por fim, ele entrou no quarto. Era um homem ainda forte, com uma aparência bastante garbosa, daqueles que são saudáveis e sabem como se cuidar para estar sempre bem.

Depois de falar com a esposa dizendo-lhe que havia encontrado exatamente o de que ela precisava para sair daquela cama por algumas horas do dia, ele voltou-se para o jovem que estava sentado no quarto, e disse:

— Vi uma mala na sala! Suponho que seja deste jovem! Quem é ele?

— Você entrou entusiasmado falando da cadeira que não deu tempo de apresentá-lo. É meu sobrinho, filho de minha irmã Luzia. Ele teve um problema sério com o pai que é muito intransigente e não permite que ele estude piano. Quando descobriu que estudava escondido, com o apoio de minha irmã, obrigou-o a desistir. Como ele não concordou com o pai, acabou por ser colocado fora de casa. Por isso, minha irmã pede que o recebamos em nossa casa até que ele tome outro rumo na vida.

— Então, meu jovem, por causa dos seus estudos deixou o lar! Deve ser um excelente pianista!

— Ainda o serei, senhor! Até aqui não tive oportunidade de estudar como desejava.

— Como vê, meu jovem, temos problemas nesta casa! Sua tia, outrora tão diligente e ativa, hoje vive acamada e não teremos, aqui, como lhe proporcionar uma estadia agradável conforme o teria tido em outros tempos, nem desejo que ela tenha preocupações, pois que deve estar tranquila.

— Juliano!... – exclamou a esposa tentando impedi-lo de prosseguir.

— Espere, querida, ainda não terminei!

Antonino ouvia cada uma das palavras que ele pronunciava, compreendendo que não poderia ficar naquela casa, e até tentou facilitar para ele, a sua decisão, dizendo:

— Eu compreendo, senhor! Da mesma forma como pedi a papai, peço-lhe, também, que me deixe passar aqui esta noite que já se aproxima, mesmo sentado em uma cadeira, e amanhã logo cedo deixarei esta casa.

— Nem Vitória nem você me deixaram concluir! Quis prepará-lo para dizer que em outros tempos a sua permanência nesta casa teria sido mais agradável e melhor, mas jamais eu não permitiria que um sobrinho de Vitória ficasse hospedado aqui conosco. Eu o preveni apenas porque precisamos da sua colaboração e da sua compreensão diante da situação que enfrentamos, e não se importe se alguma coisa não for do seu inteiro agrado. Temos um quarto para hóspedes que está desocupado e você poderá ficar lá. Qualquer necessidade sua fale com uma das nossas criadas, que temos duas, mas não traga problemas à sua tia.

— Obrigado, titio! Posso chamá-lo assim?

— Se sou marido de sua tia sou também seu tio. Vejo que é um bom rapaz cujo único mal é desejar estudar piano. Temos um piano aqui em casa que há tempos só é aberto para alguma limpeza e nada mais. Gostaria que nossa filha fosse como você, mas ninguém valoriza o que tem sem dificuldade. Agora, o fato de usar o nosso piano, só o permitirei no momento em que não for perturbar sua tia.

— Sabe que gosto de música, querido, e o piano não me perturbará!

— Mas quem estuda não toca apenas músicas. Muitos exercícios são cansativos e irritantes para quem está fora da situação.

— Sou muito agradecido pela sua bondade e só farei o que me permitirem e o que não perturbar ninguém.

— Já sabe onde estudar?

— Trouxe uma carta de recomendação do meu professor para um seu colega daqui.

— Muito bem! Quando for procurá-lo, mostre-me o endereço que lhe explicarei onde fica.

— Obrigado, titio! Tenho ainda um outro pedido a fazer-lhe. Não quero ficar aqui totalmente às expensas dos senhores que me recebem tão bem! Preciso arrumar um emprego que me proporcione a minha sobrevivência e os meus estudos.

— O que sabe você fazer, além de tocar piano?

— Fiz o curso de Direito obrigado por papai, mesmo sem gostar, mas sempre é uma profissão que pode nos proporcionar algum trabalho.

— Então não será difícil! Tenho alguns amigos advogados que podem admiti-lo para algumas horas do dia, senão não lhe vai sobrar tempo para estudar.

— Meu irmão mais velho também é advogado e papai quis que eu fosse trabalhar com ele. Não estava dando certo porque tinha todo o meu tempo tomado pelo trabalho, uma vez que estudava escondido, e sentia-me tolhido para o que queria tanto fazer.

— Está bem, daremos um jeito nisso. Agora vá pegar sua mala que sua prima o acompanhará e mostrará o seu quarto. À hora do jantar, mandaremos avisá-lo.

Agradecendo mais uma vez, Antonino acompanhou a prima e logo estava instalado no seu quarto. Era um bom quarto, com todo o conforto. Ele deitou-se na cama macia, feliz por tudo o que havia acontecido, na certeza de que ali estaria bem. Se não achassem que estava incomodando, ficaria por muito tempo.

Seria solícito e até ajudaria no que lhe fosse possível, agora que a tia teria uma cadeira. Ou para ajudar a retirá-la do leito e colocá-la na cadeira, ou até para conduzi-la onde ela quisesse ir.

Fechava-se, assim, aquela situação tão desagradável que se formara em seu lar e, a partir de então, uma nova vida começaria para ele.

Ali deitado, não conseguiu evitar de levar o seu pensamento na mãe. Como teria ela passado aquele dia? Com certeza angustiada pelo que acontecera, angustiada pela sua ausência e triste por não saber se um dia tornaria a vê-lo. Mas ele lhe escreveria! No dia seguinte lhe escreveria uma longa carta contando todos os acontecimentos do dia, bem diferente do que esperavam, pela enfermidade da tia, mas, mesmo assim, o receberam com cordialidade.

Ela ficaria feliz por ter notícias dele, mas triste pelo que sua irmã estava passando. Nem elementos para explicar à mãe a enfermidade dela, possuía. Não sabia se era uma situação temporária ou definitiva, porque ninguém entrara em detalhes com ele, nem ele perguntara para não ser indiscreto.

Ali deitado, envolto pelos seus pensamentos, algum tempo passou e ele ouviu que bateram à porta do seu quarto. Levantando para atender, era uma das criadas avisando que o jantar estava servido.

Sem querer dar trabalho ele atendeu imediatamente, mas, à mesa, estava apenas o tio, que, ao vê-lo, exclamou:

— Pelo menos agora terei companhia para as minhas refeições!

— Onde está minha prima?

— Ela sempre leva a refeição da mãe, primeiro, e vem depois. Quando chega eu já terminei, mas permaneço à mesa para conversarmos um pouco. Às vezes sinto-me tão só que faço meu prato, coloco numa bandeja e vou fazer minha refeição junto de Vitória.

— Ouvi que falavam de uma cadeira!

— Sim, o médico recomendou para daqui mais alguns dias.

— Com ela titia poderá sentar-se à mesa para as refeições.

— Se ela se adaptar, será muito bom, tanto para nós que a teremos conosco, mas mais para ela que deixará um pouco o leito e o quarto.

— Se não for atrevimento, eu pergunto: – Há quanto tempo titia está acamada? Nem mamãe, que é sua irmã, sabia!

— Há tempos ela já não vinha bem! Sentia dificuldades nas pernas, mas dava para movimentar-se. Mas depois que precisou ficar acamada em resguardo, por uns dias, por causa de uma outra enfermidade que seria passageira, ela nunca mais conseguiu levantar-se.

O jantar foi transcorrendo em conversas e, quando terminavam, Cláudia, a prima de Antonino, voltou com a bandeja que havia levado à mãe.

— Ela alimentou-se bem? – indagou o pai.

— Muito bem! Hoje mamãe está mais animada, talvez pela chegada de Antonino e pelo prognóstico da cadeira.

— Isto é muito bom! Veja, meu jovem, que você já está colaborando para que Vitória fique melhor.

— Estava muito temeroso de causar empecilhos para vocês, mas, se é assim, também fico mais tranquilo.

Cláudia entregou a bandeja a uma criada, a única que residia na casa para alguma necessidade maior, à noite, e sentou-se à mesa para jantar.

O recém-chegado, tendo terminado e, sentindo-se constrangido, pediu licença dizendo que iria para seu quarto. O dia fora pleno de emoções e ele não havia dormido à noite anterior, pelos acontecimentos em sua casa. O tio teria companhia e não precisava mais dele.

No quarto, abriu sua mala, colocou suas roupas no armário, trocou-se e deitou.

Nada mais tinha a fazer senão dormir, dormir muito.

Sua vida mudara e mudara por completo. Estava numa casa desconhecida, vivendo entre desconhecidos, embora parentes, e numa cidade desconhecida.

O quanto gostaria de já ter visitado Roma! O pai, às vezes, para lá viajava a negócios, mas nunca levara os filhos nem a esposa.

No dia seguinte, logo pela manhã, procuraria o professor que lhe fora indicado e começaria, o mais rápido que pudesse, suas aulas, se fosse aceito.

Sobrara-lhe ainda um pouco do dinheiro que a mãe conseguira para ele, e o reservaria para pagar as primeiras aulas. Depois, se o tio lhe conseguisse um emprego que lhe facilitasse algum tempo para estudar, ele teria meios de pagá-las, sem se apertar.

Entretanto, ainda eram apenas conjecturas, mas confiava na promessa do tio.

Depois de algum tempo revivendo as emoções do dia, ele conciliou o sono e dormiu profundamente. Estava precisando daquelas horas de sono para enfrentar o novo dia.

Ao despertar pela manhã, ouviu barulho na casa, aquele que demonstra que as atividades rotineiras do dia já haviam sido iniciadas.

Logo se levantou, preparou-se e foi à mesa para a primeira refeição, onde o tio também estava.

— Bom dia, titio! Como passou a noite? E titia, como está?

— Está bem, dormiu tranquila. E você, estranhou a cama?

— Dormi muito bem! Estava precisando dessa noite de sono. Peço-lhe que depois me ensine como chegar à casa do professor de piano, que desejo ir para lá.

— Vamos ao nosso café, depois veremos o endereço.

Quando o senhor Juliano tomou o envelope que continha a carta para o professor, assim se expressou:

— Até nisso você tem sorte! Esse endereço não é longe daqui! É o mesmo professor com quem Cláudia estudou. Só que ela não foi adiante. Entusiasmou-se de início, tanto que lhe comprei o piano, mas seu entusiasmo durou pouco, e agora temos o piano lá na sala, fechado. Ainda bem que você poderá usá-lo, porém, com critério, por causa de sua tia.

— Ela falou que gosta de música e isso também é bom para mim! Bem, se me explicar, vou procurar o professor agora mesmo. Só espero que ele não cobre muito caro, porque tenho pouco dinheiro. Quero trabalhar para pagar as aulas e ajudá-los aqui, porque não têm obrigação nenhuma de me sustentarem.

— Depois falaremos sobre isso! Vamos até a porta de entrada que lá lhe explicarei melhor.

De posse das informações, Antonino ia lépido e esperançoso. Jamais imaginou, um dia, estar andando pelas ruas de Roma procurando um professor de música.

Diante da recepção que tivera em casa do tio, ele só não estava completamente feliz por causa da mãe. Se a tivesse em sua companhia, seria a mais venturosa das criaturas. Estudaria piano com tranquilidade, sem se esconder de ninguém, e pelo tempo que quisesse.

Ao aproximar-se, pelo acompanhamento dos números, seu coração batia mais forte.

Ao chegar à casa cujo número era o mesmo do envelope, ele parou e bateu.

Estranhou o silêncio total. Se ali morasse um professor de piano, da calçada ele deveria ouvir o som do instrumento sendo tocado por alguém, mas nada, o silêncio que vinha de dentro da casa era absoluto.

Mesmo assim bateu e, logo a seguir, uma senhora, parecendo ser a criada, veio atendê-lo.

Ele perguntou pelo professor, dizendo que tinha uma carta para lhe entregar, e ela respondeu:

— O professor não está mais aqui. Deixou-nos há alguns dias, vítima de uma enfermidade fatal que o levou em muito pouco tempo. Da parte de quem é a carta?

— É de um professor da minha cidade recomendando-me a ele para aceitar-me como aluno.

— Sinto muito mas não é mais possível.

A primeira decepção chegava ao seu coração como uma punhalada. Como faria? A quem recorrer?

Seu tio ou sua prima deveriam saber de algum outro que pudesse ministrar-lhe aulas, e assim, cabisbaixo, sem muito entusiasmo, voltou para casa.

Contou o que havia sucedido demonstrando tristeza, mas o tio logo o reanimou.

— Professores de piano, aqui, temos muitos, conquanto o que lhe foi indicado fosse ótimo. Que Deus o tenha! Cláudia deve conhecer alguns e depois lhe indicará.

— Gostaria de visitar titia em seu quarto, se me for permitido.

— Pode ir! Cláudia está lá e você poderá perguntar-lhe.

Antonino, ainda carregando a frustração no Espírito, foi ao quarto visitar a tia.

Sua prima lá estava e, com certeza, teria alguma indicação para fazer-lhe a respeito de um professor que lhe pudesse dar as tão ansiadas aulas.

Depois de conversar com a tia sobre o estado de saúde dela, ele contou às duas o que havia sucedido ao professor, lamentando, mas pedia à prima que lhe indicasse algum outro que, com a mesma capacidade, o aceitasse como aluno.

Lembrando alguns nomes ela destacou, entre todos,

um que era também famoso, dizendo-lhe que, ao contrário do que morrera, o que ela lastimava deveras, esse morava bem mais longe.

— A distância não me importa desde que me aceite e eu me adapte ao seu modo de ensinar.

— Se quiser, poderá visitá-lo ainda hoje, e já terá uma certeza do que fará.

— Tem razão! Se você me indicar como devo fazer para chegar até lá, irei agora mesmo.

— O melhor seria tomar uma carruagem, ao menos pela primeira vez, mas sei que lhe será difícil.

— O dinheiro que me restou da viagem talvez não dê nem para pagar as primeiras aulas, mas preciso tentar. Explique-me que irei a pé mesmo.

A tia, ouvindo a conversa e desejosa de ajudar o sobrinho até que ele conseguisse um emprego, falou-lhe:

— Pois tome hoje uma carruagem que depois eu o ajudarei a pagar as aulas.

— A hospitalidade que me dá, titia, já é um grande favor que me presta, não posso aceitar mais nada.

— Temo-lo aqui, com muito gosto e, ajudá-lo, me dá prazer.

— Mas não posso aceitar. Se titio me indicar para algum conhecido seu que possa admitir-me para umas horas de trabalho, eu terei como pagar as aulas e até ajudá-los nas minhas despesas aqui.

— Nesta casa e conosco, você é da família, nada aceitaremos de você.

— Está bem, titia, depois falaremos sobre isso!

Cláudia anotou todas as explicações que lhe deu, alguns nomes de rua, mas o número ela não sabia. Era só chegar bem perto que todos o conheciam.

Depois de reforçar as explicações, porque naquela cidade tudo lhe era desconhecido, Cláudia recomendou que ele esperasse o almoço e depois, com mais tempo, o fosse.

A tia concordou com ela e assim ficaram conversando até que avisaram que o almoço já fora servido.

O tio que se juntara a eles também, convidou Antonino, dizendo à esposa que logo também ela estaria à mesa fazendo-lhes companhia.

Cláudia retirou-se com eles avisando à mãe que retornaria em seguida com a sua refeição.

CONFORME FOI ACONSELHADO, portando o papel no bolso, Antonino saiu disposto a encontrar o professor que lhe fora indicado.

De fato, era um pouco longe. Ele andara, andara bastante, ora encontrando as ruas pelas indicações que trazia, ora se informando, até que chegou diante da casa do professor.

O número não era importante. Nem precisou indagar a ninguém, porque, antes mesmo de chegar já começou a ouvir o som do piano onde alguém tocava uma música já conhecida sua e muito bonita.

Ficou em dúvida se batia ou não, se devia esperar que a música terminasse. Na casa deveria haver alguém que o atendesse sem que o que estava tocando tivesse que interromper o estudo para atender à porta.

De fato, pouco depois da sua batida, uma senhora muito bem apessoada e simpática atendeu-o.

Ele falou o que desejava e ela disse que seu marido estava ocupado com um aluno. Que ele entrasse e o esperasse terminar aquela aula para conversarem.

Quando o som do piano cessou pelo completar do horário do aluno, ela mesma foi à sala onde ele ministrava suas aulas, chamá-lo, dizendo que um novo aluno o procurava.

Bem diferente do seu antigo professor, ele atendeu-o sem muitas demonstrações de simpatia, mas isso não importava, desde que fosse capacitado. Ele demonstrava ser exigente mas isto era bom. Estimulá-lo-ia a estudar bastante.

Como o seu próximo horário estava vago, o professor, antes de dizer se o aceitava ou não, convidou-o para a sala onde dava suas aulas e, em lá chegando, pediu-lhe:

— Sente-se ao piano e toque alguma coisa do que sabe. Se já tem conhecimento por ter estudado alguns anos, preciso saber em que nível está.

Pego de surpresa, Antonino quis justificar-se que há dias não tocava nada por causa da mudança, mas o professor foi categórico:

— O que se aprende, fica aprendido para sempre!

Sem ter como recusar para não correr o risco de ficar sem professor, ele sentou-se ao piano e tocou a música de que mais gostava. Colocou toda a sua alma na sua execução, e acabou por esquecer que tocava para o professor, imaginando que ainda estivesse na casa de César estudando.

Quando terminou, o professor, para não entusiasmá-lo demais, deixando-o orgulhoso, disse apenas:

— Nada mau!

— O senhor aceita-me, então, como seu aluno?

— Vou mostrar-lhe dois ou três horários que tenho vago e você escolherá o que mais lhe convier, se assim o desejar.

— É o que mais quero! Dedicar-me ao piano é minha própria vida. Algum dia lhe contarei o que sofri por causa do piano e como estudava.

— O que passou não é importante e sim o que fará daqui para a frente!

Antonino escolheu um horário logo cedo, que lhe sobraria mais tempo durante o dia, tanto para estudar quanto para trabalhar, se o tio lhe conseguisse um emprego.

Antes de despedir o novo aluno, o professor indagou:

— Só desejo saber por que me procurou e quem me indicou?

— Estou chegando a esta cidade e não conhecia ninguém. Quem o indicou foi minha prima, filha da tia em cuja casa estou hospedado.

— Agora pode ir. Devo adiantar-lhe que não gosto de atrasos, porque meu tempo é precioso.

— Nem eu gosto de me atrasar para não perder tempo de mais aprendizado.

— Está bem! Amanhã, então, pela manhã, já é dia de sua aula. Eu o espero.

5 CONCRETIZAÇÃO DE PROPÓSITOS

ANTONINO DEIXOU A CASA do professor vendo concretizar-se um sonho.

A liberdade de que desfrutava naquele momento, a alegria que tomava o seu coração, fazia com que não sentisse o chão no qual pisava, e o percurso de volta, agora mais fácil por ser conhecido, foi vencido em muito menos tempo do que quando foi.

O seu coração exultava. Contou aos tios e à prima o que havia combinado, e a prima, como haviam falado em dinheiro, preocupação de Antonino, perguntou:

— Quanto ele lhe cobrará pelas aulas? Um bom professor sempre cobra um pouco mais que qualquer outro.

Depois de refletir um instante, como que reconhecendo uma falha que cometera, respondeu:

— Tão feliz fiquei que não perguntei quanto deverei pagar!

— Mas o preço não era também uma das suas preocupações? – retornou a prima.

— Sim, era, mas espero trabalhar. O importante é que começo amanhã mesmo e depois, se titio me conseguir um emprego, pagarei sem problemas.

— Já lhe havia oferecido dinheiro para a condução, posso muito bem ajudá-lo nesse começo.

— Espero não precisar, mas, se não houver outro meio, aceito como empréstimo.

Logo depois, pedindo licença, foi para o seu quarto. Queria separar todo o material de música que possuía, os métodos, as partituras, colocá-las todas em ordem para levar no dia seguinte ao professor. Se ele pudesse aproveitar alguma coisa do que já possuía, seria bom, pois evitaria outros gastos.

Mais tarde, quando retornou ao quarto da tia, ela fez--lhe um pedido:

— Gostaria muito de ouvi-lo tocar! Toque alguma música para nós!

— Tenho receio de incomodar!

— Você não está curioso para experimentar o meu piano? – perguntou a prima.

— A vontade de tocar é sempre uma constante àquele que traz a música como parte de si mesmo!

— Pois então vá! – pediu-lhe a tia. – Daqui eu o ouvirei.

— Está bem! Se minha música não perturbá-la, ficarei feliz. Se sentir que a incomodo, mande Cláudia avisar--me para parar. É bom para mim, estudar um pouco, para apresentar-me com maior destreza, amanhã, ao professor.

— Pois então vá! – tornou a pedir a tia.

Antonino voltou a seu quarto, pegou algumas partituras e foi ao piano.

Abriu-o com cuidado, sentindo novas sensações. Era a primeira vez que tocaria para pessoas que desejavam ouvi-lo.

Sentou-se, escolheu a melhor posição e, diante de uma das partituras que escolheu, começou a tocar.

A música era suave, daquelas que atingem fundo o coração e a sensibilidade, tanto dos que tocam quanto dos que ouvem, e ele tocou colocando a alma nas mãos. O resultado foi excelente. Parecia um pianista daqueles que têm a ensinar e não a aprender.

A prima deixou a companhia da mãe e foi até a sala vê-lo tocar, chegando de mansinho sem que ele percebesse.

Depois de executar algumas músicas de compositores que se tornavam famosos, ele, sem partitura, tocou uma daquelas que explicara à mãe, vinham-lhe à mente.

Era uma doce e bela melodia que chamou a atenção da prima.

Quando terminou, ela não se conteve. Apresentou-se a ele dizendo:

— Conheço todas as músicas que tocou, são todas lindas e você toca muito bem! A última, porém, nunca a ouvi. É linda! De quem é? Quem a compôs?

— Essa música é minha mesmo!

— Sua? Então, além de tocar muito bem, ainda compõe?

— Tenho algumas músicas compostas por mim, mas não posso negar que passei para o piano as melodias que insistiam em permanecer na minha mente, como se alguém estivesse tocando para mim, dentro da minha cabeça.

— É muito estranho isso!

— Não sei como nem por que acontece mas é da forma como expliquei. Depois que as passo para o piano e coloco as notas nas pautas, a melodia desaparece da minha mente e, passado um tempo, vem outra.

— Quantas você tem assim?

— Umas cinco ou seis, não sei bem!

— Você contou isso ao professor?

— Não, nada disse! Ainda não é hora. Tenho que ser, diante dele, um aluno submisso e obediente, se quiser progredir. Um dia, se chegarmos a ter um pouco de amizade, e se ele for menos formal para comigo, diminuindo a distância entre o aluno e o professor, eu lhe contarei.

— Ele deverá saber, até para avaliar cada uma delas.

— Um dia lhe direi! Ainda não!

— Devo dar-lhe os parabéns, você toca muito bem. Não sou nenhuma *expert* em piano, se nem consegui continuar a estudar, mas tenho um bom ouvido para música, o que me fez, talvez, desejar estudar piano, mas depois parei. Tenho a certeza de que o professor irá gostar de você.

— Tive que tocar uma música para ele, em sua casa.

— Talvez por isso ele o aceitou. Um professor não gosta de perder tempo com quem não tem talento nem vontade. Bem, vou ver mamãe!

Antonino arrumou suas partituras, fechou o piano e foi para o seu quarto guardá-las, mas logo voltou para saber a apreciação da tia.

Encontrou-a entusiasmada e, antes mesmo de dizer se havia gostado ou não, ela falou-lhe:

— Agora a nossa casa ficará mais alegre! A sua música distraiu-me bastante e me fará esquecer um pouco o meu mal e as minha limitações.

— Fico feliz que tenha gostado porque estava com receio de incomodá-la. Quando a senhora estiver liberada da cama para usar a cadeira, ficará na sala comigo e apreciará melhor.

— Em qualquer lugar da casa sua música chegará alegrando o nosso ambiente.

COMEÇAVA PARA Antonino uma nova vida, a que sempre desejara viver junto dos pais, sobretudo da mãe para dar-lhe a alegria da sua música e receber dela o estímulo e o apoio que lhe eram tão importantes.

Entretanto, nada disso fora possível e ela, a mãe que ele adorava e que sempre o compreendera, nunca o ouvira retirar de um piano uma nota sequer.

Na manhã seguinte, bem antes do horário marcado pelo professor, Antonino já estava à frente da casa dele. Esperaria mais um pouco e, quando faltasse apenas alguns poucos minutos para o seu horário, bateria à porta.

Ele era o primeiro aluno do dia e, enquanto ainda não conhecesse bem os hábitos da casa e o regulamento do professor, assim procederia.

Quando entrou, o professor que já o esperava na sala onde ministrava suas aulas, observou:

— Por pouco não chegou atrasado!

— Esperava há algum tempo aí fora, professor, mas fiquei com receio de bater.

— Horário é horário e tem que ser respeitado. Quando chegar pode bater que será atendido. Aqui, levantamos cedo. Temos o hábito de deitar cedo e levantar cedo para aproveitar bem as horas de um dia.

— Tem razão, professor! Da próxima vez assim procederei. Trouxe o material que estava utilizando até agora.

Assim falando, estendeu-o ao professor que verificou rapidamente, dizendo-lhe:

— Daqui, pouco aproveitaremos! Apenas o necessário para que eu veja como se sairá nestes exercícios todos que aqui estão e, se entender que já foram vencidos e não lhe apresentam dificuldades, seguiremos adiante com outros.

— Alguns ainda são novos para mim que não terminei de estudá-los.

— Vejamos, pois, e não percamos tempo.

O professor colocou um deles no suporte do piano pedindo-lhe que tocasse. Como se saía bem, foi continuando até que chegou ao final de um deles sob a aprovação do mestre.

Com isso o horário da aula terminou e ele dispensou Antonino dizendo:

— Na próxima aula continuaremos. Assim é necessário que procedamos porque preciso conhecer completamente a argila com a qual estou trabalhando. Quando tudo isso terminar, que imagino nos tome ainda algumas poucas aulas, começaremos com métodos novos, mais avançados. Estes servirão para que recorde, e se tem como estudar em casa, repasse-os todos para que aqui o nosso trabalho renda mais.

— Gostaria, professor, apesar de entender que é muito cedo ainda, de saber como o senhor está considerando o meu modo de tocar.

— O seu antigo professor deveria ser muito bom e vejo em você alguém que tem realmente a música no Espírito.

— Assim me considero, professor, não por achar que sou bom pianista, mas pelo prazer que sinto em tocar e pelo amor que tenho pela música.

— Agora vá, que tenho outro aluno!

A impressão primeira que Antonino teve do professor estava se desfazendo. Com o passar do tempo, quem sabe, ainda seriam bons amigos!

Antes de se retirar, porém, consultou o professor a respeito do preço das aulas, que havia esquecido de perguntar. Era um pouco mais alto do que costumava pagar em sua cidade, mas valia a pena.

No percurso de volta ele vinha feliz e reconhecia que agora deveria escrever à sua mãe. Tinha bastante novidades para lhe contar e ela já deveria estar ansiosa para receber notícias dele e como havia sido a sua viagem. Assim que chegasse à casa da tia ele já o faria.

NA SUA CASA, depois da sua saída, sua mãe andava mais calada. Seu pensamento estava constantemente ligado ao filho, e preocupava-se em saber como ele estava. Ficara magoada pela atitude de incompreensão do marido, e quase não conversavam. Não havia assunto.

O marido deixava-a quieta também para não ouvi-la acusá-lo de insensível e intransigente. Ele parava menos tempo em casa, fazia suas refeições calado e nunca, em nenhum momento, tocou no nome do filho.

Luzia passou a ficar mais só e esperava ansiosamente receber uma carta do filho. Receava que fosse entregue ao marido e que ele não lha desse mas, quando a primeira carta chegou, ele não estava e quem a recebeu foi ela mesma.

Era uma longa carta que contava desde a sua saída de casa até o momento em que escreveu, incluindo também, o estado de saúde da tia, chocando-a deveras.

As notícias em relação a ele mesmo tranquilizaram-na e ela, embora distante, alegrou-se porque lá ele estava fazendo o de que gostava, era apoiado pelos tios e ainda poderia chegar a ser um grande pianista.

Seria necessário apenas que encontrasse um trabalho e, se o tio lhe prometera conversar com amigos, ele já até poderia estar trabalhando, pois uma carta levava muitos dias para chegar.

Ficou penalizada pela irmã, sempre tão animada, tão entusiasmada por tudo, cheia de vida e saúde e, de repente, via-se presa em um leito.

Como gostaria de fazer-lhe uma visita e conviver alguns dias com o filho, mas nem adiantava pedir ao marido que jamais permitiria.

Talvez, se fosse insistente, chegaria a convencê-lo, mas temia que ele a pusesse para fora também, porque saberia que o que ela realmente pretendia era um encontro com o filho.

Mesmo assim, à hora do jantar, ela falou que havia recebido uma carta de Roma. Que sua irmã Vitória estava doente e ela gostaria muito de fazer-lhe uma visita.

A princípio ele não respondeu e, como ela insistisse no assunto, ele acabou por dizer:

— Não é lá que está o seu filho? É para vê-lo que quer ir! Você mesma escolhe! Se for, não precisará mais voltar para esta casa!

Luzia sabia que a resposta do marido jamais seria outra, mas precisava tentar.

Em vista disso ela nada mais falou. Não insistiu porque ele acabaria por pô-la fora de casa àquela hora mesma, como fizera com o filho.

Já era bastante ele, na casa da tia, ainda mais com os problemas que ela estava vivendo, e não poderia receber mais ninguém para ficar na dependência dela.

Depois, o seu dever de esposa era ficar no lar, junto do marido, mesmo com o coração muito saudoso do filho. Se não poderia visitá-lo, ele não a impediria de escrever-lhe.

No momento em que escrevesse, se transportaria para junto dele mais intensamente, e o faria como se lá estivesse conversando com ele.

Um dia, quem sabe, ainda o encontraria. O pai poderia recebê-lo e tudo se modificaria.

— O futuro a Deus pertence! – ela consolava-se a si mesma – E não sabemos o que nos está reservado. Hoje estamos diante de uma situação que imaginamos, nunca se modificará e, de repente, somos surpreendidos com mudanças radicais, que tanto nos podem trazer alegrias como tristezas, transformando a nossa vida.

Em Roma, Antonino frequentava as aulas de piano, estudava com regularidade e progredia a olhos vistos. Sua vida era tranquila, apesar da saudade da mãe, da sua casa e até do pai, mas nunca pudera dedicar-se tanto à música como o estava fazendo.

O emprego que pretendia ainda não havia sido arrumado.

Ele preocupava-se, mas o tio que esperara para ver o seu desempenho nos estudos, não se via animado a retirá--lo deles para que trabalhasse.

Mas Antonino teria que pagar as aulas e não poderia ficar na dependência total dos tios.

O primeiro mês vencera e o dinheiro que ele trouxera não dera para o pagamento. Não obstante envergonhado, precisou falar com a tia que prometera ajudá-lo, mas pedia-lhe a título de empréstimo. Quando conseguisse o emprego o devolveria.

Constrangido diante dessa situação, falou ao tio que, se ele não pudera perguntar a nenhum de seus amigos a respeito de um trabalho, que ele mesmo sairia à rua para procurá-lo e aceitaria o que encontrasse, mas viver na total dependência dele, não queria mais.

Diante dessa decisão, o tio não teve mais como evitar de falar com seus amigos, mas explicou-lhe que até então não o havia feito, justamente para não atrapalhar os seus estudos com horas de trabalho.

— Agradeço o seu interesse, titio, mas isso gera duas situações que me desagradam: ficar aqui em sua casa sem nada fazer, e ainda depender do senhor para pagar minhas aulas. É difícil para mim! Seria muito bom se só pudesse estudar, mas preciso trabalhar. Já sou muito agradecido pelo que fazem por mim, e não posso abusar.

— Está bem, se assim pensa, tomarei minhas providências. Não por nós mas para que você se sinta à vontade conosco. Tê-lo aqui entre nós é uma grande alegria para mim, que sempre quis ter um filho homem. Ajudando-o é o que faria ao meu próprio filho se o tivesse. Infelizmente Cláudia não foi adiante nos seus estudos, mas você poderá ainda ter grande sucesso como pianista, se continuar como vem se saindo até aqui.

— Meu professor está entusiasmado comigo, e estimula-me cada vez mais a que eu estude bastante para progredir.

— Se ele, que conhece muito mais que nós, assim procede, nós também não estamos errados.

— Mas, voltando ao meu trabalho, posso esperar que o senhor mesmo o veja para mim?

— Prometo-lhe que sim, mas não fique ansioso para não perturbar seus estudos. Na hora certa você terá o trabalho que deseja.

— Que preciso, titio, que preciso...

— Está bem, que você precisa.

Mais alguns dias o tio deixou passar e depois procurou alguns de seus amigos advogados que poderiam conseguir-lhe um trabalho, a fim de que não se sentisse humilhado em receber a ajuda do tio.

Assim ele explicava a cada um com quem conversava, para que soubessem que o sobrinho não poderia trabalhar todas as horas do dia, porque precisava estudar.

Houve um deles que entendeu a situação do jovem e o aceitou para algumas horas no período da tarde, não atrapalhando o horário de suas aulas, e deixando as horas da manhã dos dias que não tinha aulas para estudar em casa.

Era o que Antonino precisava.

— Diga-lhe que venha falar comigo!

— Eu direi e lhe agradeço muito. Eu poderia muito bem e com satisfação ajudá-lo, mas ele quer ter, pelo menos, o dinheiro para pagar as suas aulas.

— É óbvio que não lhe poderei pagar o mesmo que pago para quem trabalha o dia todo, mas penso que ainda lhe sobrará algum dinheiro depois de pagar as aulas.

— Ele ficará muito contente, embora o seu prazer maior seja tocar, tocar muito. É um ótimo pianista com prognósticos de melhorar cada vez mais.

— Pois peça-lhe que me procure.

O tio, ao lhe contar, Antonino não escondeu a sua alegria, indagando:

— Quando posso procurá-lo?

— À hora que quiser! Se está ansioso para começar a trabalhar, faça-o o mais breve possível!

— Pois dê-me o endereço que irei amanhã, logo depois da aula. Se ele me aceitar, poderei começar amanhã mesmo!

Antonino, que tinha como certa a sua aceitação porque partira de um pedido do tio ao qual o advogado pretendia atender, já começou a organizar, na sua mente, o seu horário de estudo. Não seria como gostaria que o fosse e como vinha procedendo, mas era importante que se desligasse da dependência total dos tios, que não tinham nenhuma obrigação de fazer o que faziam por ele.

Ele sentir-se-ia melhor não lhes sendo pesado e, conforme o que recebesse, ainda pretendia contribuir pela sua estadia na casa.

Ao falar com o advogado houve, entre ambos, uma espécie de simpatia mútua, como se já se conhecessem de há muito e que estava havendo, naquele momento, um reencontro muito feliz.

Os entendimentos foram efetuados, Dr. Álvaro explicou-lhe o trabalho, considerando que ele não tinha prática na profissão, mas, ao final, na hora de determinar o salário, Antonino achou que era mais do que esperava.

— Se o senhor quiser posso começar hoje mesmo!

— Vá para casa, organize seus estudos e amanhã começará!

— Se assim o determina, está bem para mim! Antes de me retirar quero agradecer ao senhor pela sua compreensão e generosidade.

— Mas vou cobrar de você o que chama generosidade.

— Não entendo!

— Tenho em casa um piano, pois minha esposa já estudou durante algum tempo, mas depois desistiu. Gosto muito de música e, qualquer dia vou convidá-lo para ir tocar para nós!

— Eu o farei com muito prazer! Permita-me perguntar, o senhor não tem filhos?

— Apesar de gostar muito de crianças, minha esposa nunca deu-me filho nenhum, mas não perco as esperanças. Ainda quero tê-los!

— Não quis ser indiscreto, senhor! Apenas perguntei porque as crianças e os jovens são entusiasmados pela música e alguns tocam muito bem.

— Assim foi minha esposa! Mas, depois, reconhecendo que nunca seria uma boa pianista, resolveu desistir.

Para não levar o assunto adiante que, absolutamente não lhe interessava a vida particular do advogado, ele indagou:

— Então, posso começar amanhã?

— Eu o aguardarei!

Antonino despediu-se e foi para casa pretendendo estudar bastante naquela tarde, que seria a última que teria para isso.

6 PRIMEIRO FESTIVAL

A TIA JÁ ESTAVA USANDO a cadeira que o marido lhe providenciara e passava algumas horas fora do quarto.

Cláudia conduzia-a pela casa e ela demonstrava mais alegria.

Cansava-se logo, mas pelo menos visitava todas as suas dependências e, às vezes, ficava na sala conversando com os familiares.

Quando Antonino retornou um pouco mais tarde do que o habitual porque fora ao escritório do advogado, tia Vitória ali estava com o marido e a filha.

Assim que ele entrou, o tio indagou:

— Então, o que combinaram?

— Começarei amanhã! Achei Dr. Álvaro muito simpático e agradável. Disse-me que qualquer dia vai convidar-me para sua casa para que eu toque para ele e a esposa.

— Muito bem! É bom que você vá ampliando o seu círculo de amizades aqui em Roma, mas devo adverti-lo do que pode acontecer.

— Fale, titio, seus conselhos me são importantes!

— Por mim, você se dedicaria completamente à sua música, sem nem se preocupar em trabalhar, mas como você mesmo insistiu...

— É necessário, titio! Se tivesse um pai com outro modo de pensar, nada disso seria preciso.

— Entendo e coloco-me no lugar dele para ajudá-lo, e o faço como se fizesse ao filho que nunca tive.

— Pois diga o que o preocupa!

— Você é jovem ainda e não conhece a vida como alguém da minha idade, que já viveu bastante e viu muitas coisas.

— Aonde o senhor quer chegar?

— Quero dizer-lhe que não se desvie do seu objetivo, nunca! Você tem um futuro promissor e, se começar a perder o seu tempo com o que não lhe leva a nada e ainda pode prejudicá-lo, poderá desviar-se da sua música.

— Jamais me desviarei da música!

— Você ainda não conhece a vida lá fora, com todos os meandros ameaçadores que nos prepara, e poderá perder-se num deles se não tiver firme a vontade, não deixando que nada abale o seu caráter.

— Não entendo a sua preocupação, titio! Isto tudo apenas porque contei que Dr. Álvaro vai convidar-me para tocar em sua casa?

— Tudo tem um começo e caminha devagar, mas quando damos acordo de nós, estamos envolvidos em situações que nos destroem completamente.

— O que tem na casa dele para esses seus receios?

— Falo de um modo geral! Até agora você ficou resguardado aqui conosco, mas agora começa a trabalhar, a ampliar amizades que nem sempre são sinceras como imaginamos e podem levá-lo a caminhos perigosos.

— Não amedronte Antonino, meu querido! Do modo como fala parece que aí fora há muitos leões esperando para devorá-lo.

— Nenhum leão irá devorá-lo, mas poderá devorar seus sonhos mais acalentados desde há muito em sua vida, e apresentam-se disfarçados em pessoas que se dizem amigas ainda mais as mulheres.

— Não entendo o porquê de todas essas considerações! O senhor, titio, está me fazendo pensar que amanhã, quando sair para o meu trabalho, será o mesmo que ser atirado na arena dos leões, no grande circo da vida. Se vou estar com alguém que é seu amigo, que me tratou com respeito, o que há por trás de tudo o que vem falando?

— Nada há, filho, apenas receios! O mundo é cruel e você uma criatura boa pelo que temos visto nesse tempo em que está conosco. Não tem maldade no coração e pode ser enredado.

— Saberei cuidar-me, apesar de não saber de quê. Quando chegar o momento que tanto teme, se chegar, eu saberei, não se preocupe!

— Antonino é um homem, querido, foi criado dentro dos bons princípios que tenho a certeza, Luzia lhe transmitiu, e saberá se cuidar – falou Vitória.

— Assim espero, assim espero! O caminho que ele escolheu por esse dom extraordinário que traz não pode ser maculado por nada.

— Não o será, titio! Não o será! A música, o piano é o que tenho de mais importante dentro de mim, só comparável ao amor que dedico à minha mãe, mas, como recebo dela o estímulo para que continue, nada me abalará.

— Assim espero, repito! – tornou o tio.

Cláudia estava surpresa com o modo com que o pai falava a Antonino, uma vez que para ela, que era mulher, nunca havia falado revelando tantos receios. Por quê? Apenas porque ela não trazia a arte impregnada em todo o seu ser como ele, ou haveria alguma coisa a mais que ele sabia e não queria dizer declaradamente?

Antonino que imaginava estudar bastante aquela tarde, já não sabia se seria possível. Pensava nas palavras do tio e temia que algo importante não lhe fora revelado. Quem seria a esposa do Dr. Álvaro? Por que ele revelara preocupação depois de ter contado que fora convidado para a sua casa, para tocar para eles?

Seria preciso conversar com o tio a sós, de homem para homem, sem que a linguagem velada escondesse o verdadeiro mal que ele estava enxergando.

O chamado para o almoço desfez o assunto daquela reunião.

O próprio tio quis conduzir a cadeira da esposa e Cláudia e o primo seguiram após.

Depois do almoço, a tia foi levada ao leito para o repouso, e ele, antes de se retirar também, pediu licença para estudar algumas horas à tarde, depois que a tia tivesse repousado.

No seu quarto, recostado em sua cama, ficou pensando nas palavras do tio, concluindo que, apesar de entender que eram exageradas, ele deveria saber por que as dissera. Seria necessário estar prevenido, sempre atento nas atitudes dos outros e nas suas próprias, para que nada o desviasse do objetivo maior de sua vida, que era a música. Por ela fora obrigado a deixar o lar, o aconchego materno e não seria ninguém que iria interpor-se em sua vida para desviá-lo. Ele seria um grande pianista e o pai ainda ouviria falar dele, e talvez se arrependesse do que fizera.

Da metade da tarde até o seu final, depois de passar pelo quarto da tia e verificar que não iria incomodá-la, ele foi para o piano, empregando seus esforços para sair-se cada vez melhor.

Na manhã seguinte fez companhia à tia por algum tempo, mas depois, como Cláudia e uma da criadas iriam cuidar dela no que se referia à sua higiene, ele e o tio retiraram-se e foram para a sala.

Era a ocasião ideal para voltar ao assunto da véspera.

Assim que se sentaram, Antonino fez-lhe esse pedido, esclarecendo que percebera, nas suas palavras, alguma coisa que não fora falado.

O tio, talvez arrependido de ter exagerado a sua preocupação e a advertência que fizera, pediu que ele esquecesse aquele assunto. Que retivesse em sua memória o que pudesse ajudá-lo e esquecesse exageros.

Por mais insistisse o tio nada falou, para que ele não ficasse prevenido contra ninguém ou contra nada que poderia acontecer. Fizera sua obrigação de adverti-lo contra a maldade e os enleios do mundo e das pessoas que o compõem, para que ele soubesse como reagir, se algo lhe acontecesse. Isto tudo se ele tivesse equilíbrio e discernimento necessários para analisar situações e delas se safar. Mas, falar diretamente, não achou conveniente.

Depois do almoço, feliz porque exerceria uma atividade que lhe renderia um salário, o jovem advogado foi para o seu trabalho.

Dr. Álvaro ainda não havia voltado do almoço e lhe foi recomendado que ficasse esperando, porque os que lá estavam não sabiam o que ele lhe daria como tarefa.

Nos dias posteriores isso não aconteceria porque, ao chegar, já saberia o que fazer.

Quando Dr. Álvaro chegou, a sua atividade foi determinada, as recomendações efetuadas, e uma mesa foi-lhe indicada para que nela executasse o seu trabalho.

Como era a primeira vez que ali estava, vez por outra levantava os olhos dos seus papéis e fixava-os em alguém que também estava trabalhando.

Todos cumpriam suas obrigações sem conversas, interessados no que faziam, e as palavras do tio vieram-lhe todas à mente: – Por que tantos receios se cada um cumpre sua obrigação sem se importar com o que o outro está fazendo? – indagava-se ele.

Antonino completou o seu dia de trabalho. Consultou algumas vezes o Dr. Álvaro a fim de que nada saísse errado, e ele orientava-o entendendo que, apesar de advogado, faltava-lhe a experiência que só a prática favorece, ainda mais que o seu objetivo primeiro de vida era outro.

Ao deixar o escritório, no fim da tarde, estava satisfeito por estar trabalhando, mas o seu pensamento estava no piano. Não estivesse em casa alheia, depois do jantar, estudaria durante horas, mas compreendia que não poderia fazê-lo.

O tio interessou-se em saber como ele havia se saído, como eram seus companheiros de trabalho e como o próprio Dr. Álvaro o tratara.

— Ele foi muito amável e compreensivo, ensinou-me o trabalho esclarecendo as dúvidas que iam surgindo, mas os companheiros conversaram comigo apenas quando cheguei, porque Dr. Álvaro não estava. Depois, ocupados com suas obrigações, não mais nos falamos.

— Então você gostou?

— Gostei e sou-lhe grato por ter me conseguido esse emprego, porque não pode ser diferente, mas senti falta do piano e pensei nele diversas vezes, desejando estar aqui estudando.

— Nós também sentimos a sua falta. Já nos habituamos à sua companhia, e o silêncio da casa pesou profundamente sem a sua música.

— Suas palavras trazem-me alegria porque sempre estudo receoso de estar incomodando, sobretudo à tia Vitória.

— Você não nos incomoda e, se não fosse orgulhoso a ponto de recusar a nossa ajuda, continuaria seus estudos como o vinha fazendo sem se preocupar com trabalho.

— O meu brio não me permite viver às custas dos outros, ainda mais tendo uma profissão. Enquanto puder levar trabalho e estudo juntos, eu o farei. Devo considerar que a bondade do Dr. Álvaro me permite trabalhar apenas durante um período.

— Mas paga-lhe de acordo com o horário que faz!

— É justo que assim seja! Tendo como pagar as aulas eu já estou satisfeito, apesar de ainda continuar aqui desfrutando da hospitalidade de vocês.

— O que nos dá muito prazer! Nós podemos proporcionar-lhe isso! Sempre fui muito bem sucedido nos negócios e agora posso viver tranquilo, cuidando e fazendo companhia à sua tia, que precisa de todos nós. Até você está lhe fazendo bem!

A vida de Antonino continuaria da forma como começava a delinear-se, por ainda muito tempo, até que alguma outra oportunidade lhe surgisse dentro da sua arte, mas não seria fácil. Não havia meios de trabalho a não ser tornar-se mais um professor.

Concertista, como pretendia chegar a ser, seria difícil. Dependeria de uma grande oportunidade e muito talento, mas, mesmo assim, não lhe ofereceria muita recompensa financeira.

Havia outros lugares onde um pianista poderia levar a sua arte. Casas noturnas de diversões, orquestras, teatros, acompanhamento para cantores, enfim, alguma oportunidade lhe haveria de surgir, ainda mais que Roma era uma cidade de muitas atividades noturnas, para a distração dos mais variados gostos.

O SEU PROFESSOR, tendo um bom número de alunos com bastante talento e prontos para se apresentarem em público, decidiu que faria um festival para mais divulgar seu nome e, para isso, consultou um a um que entendia, tinha condições, incluindo Antonino que exultou de alegria.

Ansioso, ele queria saber detalhes, mas o professor ainda não os tinha. Procuraria um local que lhe pudesse oferecer condições para o que desejava e, depois de marcar a data, reservando-o, começaria a prepará-los, retirando de cada um o que havia de melhor, segundo o estilo do que mais gostavam de executar.

A Antonino coube uma peça de um compositor famoso, que ele já estudava há algum tempo, na execução da qual colocava toda a sua alma, como se fosse o próprio compositor.

A essas apresentações de pianistas desconhecidos, mas de grande talento, compareciam alguns dos que se interessavam em contratá-los para os mais variados objetivos.

Os preparativos continuavam e a data aproximava-se. Antonino estudava muito e a tia lamentava não poder estar presente para assistir. Mas o tio e a prima prometeram comparecer, se Vitória concordasse em ficar com uma das criadas.

Convites foram expedidos e até a esposa do professor ajudava bastante para que ele se ocupasse mais diretamente com cada aluno que se apresentaria.

Dentre os convites, como Antonino não conhecia ninguém em Roma além dos tios, do Dr. Álvaro e seus companheiros de trabalho, ele ficou com muito poucos, separando um que queria mandar para sua mãe.

Sabia que, de forma alguma ela compareceria, nem haveria tempo hábil para isso. Mas era necessário que ela recebesse um, que participasse da alegria do filho, que tomasse conhecimento do seu progresso e, mesmo à distância, vibrasse para que ele se saísse sempre bem.

Dr. Álvaro prometeu comparecer com a esposa. Seria a oportunidade de Antonino conhecê-la.

Algumas vezes fora convidado para ir à casa dele conforme pedira quando soube que o jovem gostava de tocar piano, mas até então não havia dado certo.

Ele preferia ficar em casa nas horas de que dispunha para estudar, precavendo-se, também, do que lhe dissera o tio.

Depois, não achava conveniente que empregados frequentassem a casa dos patrões, para que nada pudesse influenciar negativamente no trabalho.

Diante de todas as expectativas e preparativos, o grande dia para os alunos que se apresentariam – dez ao todo – chegou.

Antonino estava ansioso e separara a melhor roupa que trouxera para tão auspicioso evento.

O professor preparara os alunos separadamente, cada um no seu horário, e eles não se conheciam.

Na manhã do dia da apresentação, porém, ele reuniu a todos no local do festival, para que se ambientassem e, à noite, não tivessem surpresas.

Todos, por sua vez, tocaram a música com a qual se apresentariam, cada um já na sua ordem – tanto em relação a dificuldades quanto ao estilo da música.

Antonino seria o último. A peça que tocaria era mais trabalhada, com maiores dificuldades, e ele teria a responsabilidade de fechar o festival, para que o seu número aumentasse ainda mais o brilho das apresentações anteriores. Ele ficou contente por entender que se o professor assim procedera era porque confiava na sua arte, na sua destreza, no seu talento.

Tudo fora preparado para proporcionar um belo espetáculo aos que comparecessem. Muitos convites foram distribuídos, muitas pessoas que já conheciam a capacidade do professor procuraram convites, porque sabiam que seriam brindados com um belo espetáculo.

À noite, à hora marcada, o teatro estava repleto.

O professor, antes da apresentação dos alunos, falou algumas palavras ressaltando a finalidade daquele evento e os alunos começaram a se apresentar.

Dos dez, havia oito rapazes, alguns mais velhos outros ainda na adolescência, e duas jovens, uma das quais muito bonita.

Quando Antonino se apresentara pela manhã, a título de ensaio, ela ficou muito atenta a ele e, ao final, foi encontrá-lo para dar-lhe os parabéns, encantada com o número que ele executara.

O festival começou a se desenrolar com a abertura por uma das jovens, e a outra apresentou-se depois de quatro rapazes, numa distribuição equânime.

Todos eram muito aplaudidos e estavam se saindo bem.

A vez de Antonino, que anunciava o término do espetáculo, chegou.

Ele foi anunciado como um jovem de grande futuro na música, e começou a sua apresentação.

Não se ouvia, entre os espectadores, nem uma respiração mais profunda. Parecia que todos ficaram completamente imobilizados para ouvi-lo e para prestar atenção na habilidade de suas mãos, que dedilhavam o teclado como uma criança que maneja um brinquedo, tão fácil, tão rápido, tão hábil se mostrava.

Quando terminou, todos, de uma só vez, como se tivessem sido ensaiados também, levantaram-se para aplaudi-lo. Os aplausos continuavam e todos pediam bis. Ele não teve como não atendê-los. Quando o viram sentar-se ao piano, todos se sentaram novamente e o silêncio profundo voltou a reinar, para que somente a música tomasse todos os espaços do salão. Foi um grande sucesso.

Ao final, todos se levantaram novamente, e o professor entrou no palco, entrando, após ele, todos os que se apresentaram para receberem novo aplauso.

Ao ver toda aquela demonstração da plateia, Antonino pensou na mãe. Ah, como gostaria que ela estivesse presente! Ela merecia estar ali junto de todos, pelo muito que se esforçara para ajudá-lo, mas fora impossível.

Mesmo assim, direcionava para ela o seu pensamento de eterna gratidão e do muito amor que lhe dedicava. No dia seguinte lhe escreveria para contar todas as novidades. Se ela houvesse recebido o seu convite, era óbvio que estivera com o pensamento ligado a ele, pedindo a Deus que o protegesse, que o iluminasse para que se saísse bem.

Quando todos deixaram o palco a assistência começou a se aproximar de cada um – familiares, amigos que se viam na obrigação de cumprimentá-los.

Junto de Antonino se achegara o tio e a prima que fizeram questão de comparecer, e muitas outras pessoas desconhecidas que se entusiasmaram com ele.

A custo Dr. Álvaro e a esposa chegaram também para cumprimentá-lo, ocasião em que ele a conheceu. Era ainda muito jovem perto dele, um homem já de meia idade.

Eles cumprimentaram-no parabenizando-o pela excelente apresentação, e a jovem esposa olhava-o com insistência e admiração.

— Ainda o espero em minha casa para termos momentos como este ou quiçá melhores, pois tocará só para nós. – dizia o Dr. Álvaro.

— Quando a ocasião se apresentar, eu irei.

Antonino não queria ser descortês com o patrão, mas ele sabia, agora, muito mais que antes, que não iria. Receava uma aproximação com a esposa dele, ainda mais depois de ver a sua juventude e de perceber os seus olhares para ele.

Um senhor desconhecido aproximou-se de Antonino e, entregando-lhe um cartão, disse-lhe:

— Procure-me nesse endereço para conversarmos.

Ele pegou o cartão, surpreso, e nada pôde responder.

Quem seria aquele homem? O que faria e por que o procurara querendo falar-lhe?

As pessoas, depois de cumprimentarem aqueles dos quais haviam recebido convites, foram se retirando e os que se apresentaram foram fazendo o mesmo em companhia de seus familiares.

Antonino, o mais assediado de todos, saiu em último lugar. O tio e a prima, sabendo que Vitória estaria em boa companhia, esperaram-no para que ele também tivesse, na falta dos pais, a companhia de familiares que lhe queriam bem.

— Podemos acompanhá-lo? – perguntou o tio.

— É um grande prazer para mim ir para casa com vocês!

— A partir de hoje, começa para você uma nova vida!

— Ora, por quê, titio?

— Você é o mesmo, mas sua vida não o será! Esqueceu-se do sucesso que fez?

— Que me deixou muito feliz! Lembro-me agora de que me entregaram um cartão que coloquei no bolso sem olhar. Quem mo entregou pediu-me que o procurasse. Quem seria ele?

— Eu o vi, não o conheço, mas só pode ser alguém com alguma proposta.

— Proposta para quê?

— Talvez o queiram para tocar em algum lugar.

— Ah, se eu pudesse viver somente da música sem me ocupar de nada referente a leis e tudo o que as envolvem, seria mais feliz.

— Pois não perca tempo e vá procurá-lo logo!

— Teria sido só para mim que aquela pessoa entregou o cartão?

— Ele deve ter escolhido o que se apresentou melhor!

— Então aguardemos! Amanhã não poderei que minhas aulas continuam, mas depois de amanhã eu irei.

Em casa, Vitória já dormia, tendo a criada no quarto. Cláudia e o pai, vendo que ela estava bem e de nada precisava, dispensaram a criada e procuraram também repousar.

7 PRIMEIRO CONCERTO

ANTONINO, COM O ÍNTIMO agitado pelos acontecimentos da noite, não conseguiu dormir. Tudo voltava-lhe à mente com detalhes que ele mesmo fazia questão de rememorar, como se assim procedendo estivesse vivendo a mesma situação outra vez.

Pensou no Dr. Álvaro, em sua esposa, em todos os que o cumprimentaram, mas os olhares profundos que ela lhe lançara, ficaram nos seus olhos e na sua mente também. Por mais quisesse esquecê-los, voltavam sempre entre um e outro pensamento diferente.

Leu e releu o cartão que lhe deram diversas vezes, mas trazia apenas o nome e o endereço, sem nenhuma outra particularidade que compõe os cartões, como a profissão de quem o emite.

Pela madrugada, cansado, foi dominado pelo sono que o envolveu por poucas horas, uma vez que deveria levantar-se cedo para as aulas regulares que retornariam.

Esperava que, junto do professor, muitos comentários pudessem ser feitos para reviver com ele as emoções da noite anterior, mas o professor, depois de recebê-lo com alegria, elogiar a sua apresentação, disse-lhe:

— O que aconteceu ontem foi muito bom, muito melhor do que esperava, mas já é passado. A partir de hoje continuaremos com nossos estudos regulares, porque é para estudar que você está aqui.

— Sei disso, professor, mas não é possível esquecer o que aconteceu ontem. Muitos anos eu viva, jamais esquecerei, porque foi a minha primeira apresentação em público.

— Muitas outras ainda virão que você tem talento, mas o talento também precisa ser aprimorado, por isso, vamos à nossa aula.

— Gostaria de falar-lhe de um outro assunto referente a ontem.

— Pois seja breve!

— Recebi, ao final da nossa apresentação, de um desconhecido, um cartão e um pedido para que o procurasse.

Retirando o cartão do bolso, mostrou ao professor, perguntando:

— O senhor o conhece? Sabe o que ele quererá comigo?

— Sempre nas apresentações de meus alunos aparecem pessoas que estão à procura de talentos, mas esse nome não conheço.

— O que ele quererá de mim?

— Só saberá quando procurá-lo! Vamos à nossa aula!

Antonino viu que não adiantava prolongar aquele assunto, tão natural ao professor mas de muitas expectativas para ele, e a aula começou.

Na manhã do dia seguinte foi à procura daquele endereço, seguindo as explicações do tio e, ao chegar, encontrou um escritório pequeno, onde apenas o que lhe levara o cartão estava presente, e parecia que trabalhava sozinho porque havia apenas a sua mesa.

Satisfeito por ter sido procurado, ele recebeu-o com um sorriso, indicou-lhe uma cadeira diante da sua mesa, e foi logo dizendo:

— O senhor toca muito bem! Teve uma apresentação brilhante que me chamou a atenção. Os outros também foram bem mas, perto de você, o que executaram perdeu o brilho.

— O senhor é muito gentil! O senhor também toca piano?

— Não toco mas entendo de música pela minha profissão e sei quando o artista empolga o público, e você o empolgou fortemente. Para avaliar um bom artista não é necessário conhecer a fundo a sua arte, mas ficar atento nas reações do público. Ele é o termômetro que nos dá, com exatidão, a condição do artista.

— O que o senhor sentiu ao ouvir-me?

— Senti-me empolgado e vi para você um grande futuro.

— De que forma?

— Se me aceitar como seu empresário, poderei colocá-lo em público muitas vezes, promovendo, desde pequenas apresentações, até grandes concertos, dependendo da receptividade que for tendo e da repercussão do seu nome.

— Não entendi ainda exatamente o que o senhor deseja de mim.

— Promover a sua arte, promovendo-o a grande pianista, e isso só se consegue colocando-o diante do público.

— Em que condições?

— Aí é que temos que combinar. Pelo que já demonstrou no festival, sei que poderá apresentar-se com muito sucesso, basta que tenha um repertório que agrade o público.

— Fico feliz que o senhor pense assim, pois preciso sobreviver. Trabalho num escritório de advocacia um período do dia para manter minhas aulas e vivo na casa de meus tios, porque minha família não é de Roma. Gostaria de poder viver apenas da música, fazendo dela, pelo prazer que me dá, minha profissão. Se o senhor puder proporcionar-me isso, eu gostaria muito. Agora, em relação ao repertório, toco o que me dá prazer, o que tem real valor musical, mas não para agradar o público. Se ele entender de música gostará também do que gosto.

— Concordo com você mas é necessário haver um consenso. Em cada lugar que tocar será um tipo de público, e a cada um deve apresentar um repertório que lhes agrade. A sabedoria do artista está nisto – agradar o público do qual precisa, dentro daquilo que ele também mais gosta.

— Compreendo, senhor! Mas dentre os amantes da boa música através do piano, não pode haver muita diversificação.

— Vou tentar explicar-me melhor. Se for levado a um teatro para tocar para um público mais diferenciado, organizará um repertório. Aqueles que comparecerem sabem valorizar a boa música e, se comparecem, é porque gostam. Ao contrário, se tocar em alguma reunião mais íntima, no seio de alguma família, deve popularizar o repertório para que todos tenham horas agradáveis e leves, porque estão se divertindo e não preparados para peças mais trabalhadas, que seriam aborrecidas para aqueles que não conhecem o valor de uma boa música. Compreendeu? Cada local, cada situação tem seu público que precisa ser agradado.

— Tenho estudado bastante, tenho me preparado, renunciei ao aconchego familiar para poder aperfeiçoar-me mais, e não pretendo tocar em festinhas domésticas.

— Entendi que precisava ganhar algum dinheiro para sobreviver! Quem assim precisa não escolhe público nem perde oportunidade, mas sabe adequar-se a cada situação. Aí estará o seu valor. Depois, com o tempo, à medida que for ficando mais conhecido, poderá ir se dedicando apenas a concertos.

— Sei de tudo o que diz, mas quem se dedica a um público que entende a música e com ela se deleita porque saiu de casa para isso, não pode perder tempo popularizando-se em reuniões familiares.

— Já vi que será difícil chegarmos a um entendimento.

— Se o senhor quiser promover alguma apresentação minha em algum teatro, que ainda não chamaria de concerto, estarei à sua disposição.

— Assim, de início, não será fácil porque você é desconhecido.

— Já tive um contato com o público que me aplaudiu muito. O senhor estava lá, deve lembrar-se.

— Pois foi justamente por isso que quis falar com você!

— Bem, se o senhor puder conseguir alguma apresentação para mim, nos moldes que lhe expus, eu aceito e agradeço muito. Do contrário, não!

— Vou pensar, sondar algum teatro, verificar melhor a repercussão do seu nome depois do festival e me comunicarei com você. Deixe-me o seu endereço.

ERA UM PROGNÓSTICO promissor para Antonino, considerando-se que era um começo. Completamente desconhecido, se aquele agente quisesse arriscar, ele aceitaria sem pestanejar. Afinal, para isso se preparava, para isso estudava os compositores mais famosos. Não desmerecia a música mais popular, mas sentia que não era para ele.

Ao deixar o escritório, ele trazia no íntimo uma sensação estranha que não sabia definir – se de vitória ou de derrota. Contudo, soubera impor a sua vontade e confiava em que o agente promoveria o que ele pretendia. Se o artista precisa do agente para não perder seu tempo com o que não entende, o agente também precisa do artista para sobreviver.

Talvez aquele encontro tão singular fosse o começo de uma carreira que poderia progredir muito, e ele ainda tocaria nos grandes teatros, com um público seleto tomando todos os lugares para ouvi-lo e o aplaudiria de pé, como o fizeram na sua apresentação no festival organizado pelo seu professor.

Logo no dia seguinte da apresentação ele escreveu para a mãe contando todos os detalhes do que havia acontecido. Quando ela recebeu a carta, foi impossível guardar só para si tanta alegria que lhe explodia do peito, e contou ao marido que, calado, não pôde deixar de ouvir.

Quando terminou, como ele nada respondesse, ela indagou:

— Você ouviu o que lhe contei?

— Ouvi mas não sei de quem se trata. Não conheço nenhum pianista, por isso, não precisa me contar nada dessa pessoa.

— Você, querendo ou não, ainda ouvirá falar muito do seu filho, como um grande pianista, e vai arrepender-se de tê-lo expulsado de casa e ignorado o progresso que vem fazendo.

Ele não deu resposta e ela continuou os seus afazeres, pedindo a Deus que guiasse os passos do filho, para que nada, nunca o desviasse do bom caminho, sobretudo se chegasse a ser um homem famoso.

ANTONINO CONTINUOU suas atividades – aulas, estudo e trabalho, numa divisão muito bem feita do seu tempo, para que nada fosse prejudicado porque ele precisava de todas.

Passados cerca de vinte dias da sua conversa com o agente do qual não tivera mais notícias, ele recebeu um mensageiro com uma pequena carta pedindo-lhe que fosse ao seu escritório.

Imaginando que aquele seu contato com ele houvesse morrido naquele primeiro encontro pelas considerações que fizera, estranhou o pedido mas atendeu-o o mais rápido que pôde.

Foi recebido com um sorriso, e o agente pediu que ele se sentasse.

— O que há de novo além do que já conversamos? Não pensei voltar mais aqui! – expressou-se Antonino.

— Mas eu trabalho porque, se você precisa sobreviver, eu também preciso e, dentro das suas exigências, penso que tenho uma boa notícia para você.

— Não fiz exigências, apenas expressei meu ponto de vista.

— Está bem, vamos conversar!

O jovem procurou ficar atento e o agente começou a falar.

— Depois do dia em que esteve aqui, comecei a pensar seriamente na nossa conversa e compreendi que você tinha razão. O seu objetivo primeiro é ser um concertista e você tem talento para isso. Procurei saber da possibilidade de utilizarmos um teatro para uma apresentação sua, que, se tudo correr como imagino, não será a única.

— O senhor fez isso?

— Você precisa ser apresentado a um público seleto, e somente num teatro isso pode acontecer. Ele irá para ouvi-lo e não para ser distraído enquanto algum outro evento transcorra. Só comparecerá aquele que tem verdadeiro amor pela música. Consegui um teatro para daqui a um mês, tempo suficiente para que organize seu repertório, estude bastante, enquanto eu cuido do resto. A sua preocupação única será apenas a música, à qual se dedicará com muito afinco, para que tudo saia conforme esperamos.

Antonino estava surpreso e não sabia o que dizer, pois, enquanto o agente falava, seu pensamento caminhava à frente e ele já se via num palco executando músicas que enlevavam e entusiasmavam a plateia.

— Então, não diz nada? – indagou o agente.

— Não tenho palavras! O senhor fez exatamente o que eu mais queria.

— Pois agora cabe a você não desapontar seu público nem seu agente. Um mês é suficiente para você?

— Acredito que sim! Devo conversar com o meu professor, aproveitando as peças que já tenho preparadas.

— Faça como quiser mas cuide bem de sua parte que eu cuidarei da minha, com todas as providências referentes a programas, ingressos e propaganda. Só preciso, o mais rápido que puder me dar, do repertório que escolher, porque ele fará parte da programação que devo mandar imprimir.

— Sei que essa apresentação é muito importante para mim, pela música em si, mas, como falamos em sobrevivência e estamos também tratando de negócio, eu pergunto: quanto receberei por ela?

— Ainda é muito cedo para sabermos, mas posso adiantar-lhe que dependerá do preço do ingresso. E o preço do ingresso vai depender da programação que organizar, porque cada tipo de música tem um público, e o preço é de acordo com esse público. Não podemos nos esquecer também que seu nome é ainda desconhecido. Depois de vendidos os ingressos, retiraremos as despesas, que limitarei às mais necessárias; uma porcentagem ficará para mim, pelo meu trabalho, mas asseguro-lhe que mais de cinquenta por cento da renda ficará para você.

— Para mim está bem assim!

— Então vá e comece a sua parte que vou começar a cuidar da minha, confirmando a reserva do teatro.

— Em qual teatro irei tocar?

— Como não conhece nenhum, não adianta lhe dizer o nome, mas posso garantir-lhe que é um bom lugar e você ficará contente.

— Mas eu preciso conhecê-lo e até estudar no piano de lá!

— Com certeza o conhecerá! Prepare o repertório que eu saberei cada passo que devemos dar.

Antonino deixou o escritório do agente tão feliz que mal acreditava estar acontecendo aquilo com ele. Ainda não fazia um ano que chegara a Roma, mas já progredira muito na sua música. Apresentar-se num teatro, ele esperava um dia acontecer, mas não imaginava fosse tão cedo.

Quando chegou a casa e contou a novidade, o tio assim se manifestou:

— Sempre quis que só estudasse piano sem se preocupar com um trabalho, e até nos propusemos a ajudá-lo, mas você não quis. Agora, depois dessa apresentação, desse concerto, melhor dizendo, você não precisará trabalhar na sua profissão e poderá progredir muito mais. Prepare-se que, depois desse, outros concertos virão e você poderá começar até a viajar, basta que seu nome tenha uma boa repercussão, dependendo dessa sua primeira apresentação.

— Tentarei fazer o melhor, titio, que é para isso que estudo.

— Mas depois não perderá mais horas de estudo envolvido com leis e processos.

— Que também têm me ajudado! Tudo tem a hora certa de acontecer e, quem sabe, a minha hora está chegando.

Depois de contar a novidade aos tios e à prima, ele foi a seu quarto e começou a separar partituras, compondo um repertório, mas não tinha noção nem do tempo que deveria tocar, nem dos números que caberiam nesse espaço de tempo. Por isso escolheu mais do que deveria, deixando esse detalhe para que o professor o ajudasse. Futuramente saberia como fazer.

A AULA DE ANTONINO seria somente daí a dois dias, mas, para não perder tempo, ele começou a estudar em casa mesmo as peças que havia separado. Quando as levasse ao professor, já estariam mais atualizadas na destreza que um pianista deve ter ao tocar a sua música.

No dia da aula, antes que o professor desse continuidade ao que ele vinha estudando, Antonino disse que precisava tratar com ele de um assunto muito importante, para o qual não prescindia da sua ajuda.

— De que se trata? Não vai me dizer que precisa voltar para sua terra e interromperá os estudos!

— Não professor, o assunto é outro e muito feliz para mim!

— De que se trata, então?

Explicando-lhe o que havia acontecido, contou-lhe que já havia separado algumas peças, mas pedia a ajuda dele para compor o repertório, dentro de um tempo razoável e habitual para tal evento.

O professor, muito cuidadoso, disse que ele tocava muito bem, mas talvez ainda não fosse o momento de assumir uma responsabilidade daquele porte.

— Para apresentar-se em público é necessário que esteja preparado e muito bem, a fim de que seu nome não seja maculado por alguma precipitação, com graves consequências para o seu futuro.

Antonino, com o seu entusiasmo um tanto arrefecido, desejando justificar-se, falou ao professor:

— Se nunca começarmos nunca saberemos se nos sairemos bem ou não. Terei ainda um mês para preparar-me e, como me saí bem no festival que o senhor organizou e recebi esse convite, imagino que poderei aceitar.

— Tocar uma única música em meio a outros que também participam do mesmo evento não é o mesmo que assumir uma apresentação toda, um concerto, como o diz. É mais difícil e o público é mais exigente.

— Estudarei bastante e, se o senhor me ajudar, conforme espero, tudo sairá bem.

— É de minha obrigação avisá-lo, porém, se é da sua vontade, eu o ajudarei. Vamos, então, ao que escolheu e começaremos desde já.

Antonino mostrou o que havia separado, ele fez uma seleção dentro do que considerou melhor, tanto para o público quanto para ele que se apresentaria, e logo iniciaram o estudo.

Ele pediu que o jovem tocasse cada uma delas, fez comentários, deu sugestões, corrigiu defeitos, mas, ao completar seu horário, não haviam visto todas. Mas ele levava para casa o que estudar com precisão, tendo sido recomendado que se ativesse apenas às que viram e deixasse as outras para a próxima aula.

O jovem concertista saiu de lá disposto a estudar muito. Como faltava algum tempo para o seu horário de trabalho, e como na casa da tia não havia problemas, começou a estudar imediatamente, atento nas recomendações do professor.

À medida que tocava, ia percebendo que ficava mais fácil – a destreza e a segurança eram maiores. Até o dia da apresentação estaria completamente preparado.

Ele levou o que havia escolhido como repertório ao agente, continuou a estudar bastante, tanto junto do professor como em casa e, ao final, quando se sentia bem preparado, a sua apresentação duraria mais ou menos uma hora. Se o público gostasse e pedisse bis, ele tocaria mais uma, aumentando um pouco mais o tempo, mas valeria pena.

Sua mente estava totalmente voltada ao seu concerto e, da parte do agente, todas as providências estavam sendo tomadas. Os ingressos estavam sendo vendidos, não com tanta facilidade como quando se conhece o concertista, mas, diante da programação escolhida eles achavam que podiam confiar.

Ele pediu que reservasse um lugar de destaque dentre o público, ao seu professor, e levou-lhe ingressos de presente, porque sua presença seria muito importante para ele.

O público poderia gostar ou não, poderia aplaudir ou não, mas o julgamento que esperava era o do professor. Só ele teria condições de fazer uma avaliação completa da sua apresentação, com comentários que o ajudariam para que se aperfeiçoasse cada vez mais.

O traje para a apresentação o próprio agente providenciou, porque já estava acostumado com isso, e o que ele usaria, certamente já havia sido usado por outros artistas, mas isso não importava.

Ele fez alguns ensaios no piano do teatro, com a presença do agente que se mostrou bastante satisfeito, prognosticando para ele uma noite de grande sucesso.

O teatro não era grande e todos os ingressos foram vendidos. No momento da apresentação, o teatro estava repleto e as pessoas muito bem vestidas. Afinal, assistiriam a um concerto e precisavam apresentar-se bem.

O professor compareceu com a esposa, pois também fazia questão de ver como ele se sairia, porque, da boa apresentação de seu aluno, ele também se sentiria orgulhoso de o haver preparado.

Ninguém conhecia o concertista.

No momento anunciado, Antonino entrou no palco e a plateia, vendo um rapaz ainda tão jovem, não imaginou que ele pudesse se sair bem, mas confiavam.

Depois de uma reverência ao público e dos aplausos iniciais, ele sentou-se ao piano e o silêncio foi absoluto.

As partituras já haviam sido colocadas na ordem da apresentação, e ele começou a retirar do piano as notas que compunham a primeira peça. A destreza e a habilidade eram grandes, mas muito maior era a sensibilidade com que tocava. O público não tirava os olhos de suas mãos que corriam pelo teclado com grande facilidade.

Ao completar a primeira música os aplausos foram muitos e ele levantou-se para agradecer. Ao sentar-se novamente ao piano, retirou a partitura do que havia tocado, já em grande silêncio da plateia, e começou a segunda música, cuja execução não foi diferente da primeira, e assim foi até o final.

Ao terminar a última peça, a mais trabalhada, a de mais difícil execução, a plateia toda se levantou para aplaudir. E os aplausos foram tantos que só cessaram quando ele novamente se sentou ao piano e executou mais uma parte da última peça.

Novamente os aplausos, ele fez uma reverência agradecendo o público e retirou-se para o seu camarim.

O professor e a esposa para lá se dirigiram para cumprimentá-lo pessoalmente. Ao vê-lo, o professor abraçou-o dando-lhe os parabéns, augurando para ele um futuro de glórias no que se referisse à música.

Antonino, emocionado, agradeceu a ajuda que ele lhe tinha dado, e outras pessoas começaram também a adentrar o seu camarim.

Entre elas estava Dr. Álvaro e a esposa; seu tio e Cláudia, e alguns de seus companheiros, também alunos do mesmo professor, os que já haviam feito parte do festival organizado pelo professor e, entre eles, aquela jovem que mais se sensibilizara com ele.

Antonino estava emocionado e muito feliz. Só faltava ali, entre todos, o abraço da sua querida mãe, e ele lembrou-se dela, naquele momento, com muito amor.

Dr. Álvaro, bastante extrovertido, depois de cumprimentá-lo, disse-lhe:

— Sinto-me feliz pelo que fez hoje, porque você é um jovem de muito talento. Porém, ao mesmo tempo, o seu sucesso me desgosta porque vou perder o meu auxiliar.

— Ainda não, Dr. Álvaro! O meu futuro é ainda muito incerto.

— Pelo que vimos hoje, o seu futuro será grandioso. Você deverá ter muitos convites.

O seu agente, que também estava entre as pessoas que o abraçaram, ouvindo-o, falou:

— De hoje em diante, do futuro dele cuido eu e será de muito sucesso. A vida artística do nosso virtuose está apenas começando. O futuro reserva-lhe muita coisa boa.

— Assim espero! – exclamou Antonino, completando: – O piano é minha verdadeira vida.

Todos queriam trocar algumas palavras com ele, mas, aos poucos, o agente tomou a si cuidar também dessa parte e disse:

— Antonino agradece a manifestação de todos, mas precisa descansar.

— Hoje não conseguirei dormir! As emoções não me deixarão! – retrucou o jovem pianista.

O tio e Cláudia acharam por bem retirar-se do camarim, mas antes disseram que o esperariam lá fora para irem juntos para casa.

Aos poucos as pessoas foram se despedindo e se retirando, ficando somente o agente que lhe disse:

— Compreendo que deve descansar, mas precisamos acertar nossas contas. Se preferir, deixaremos para amanhã no meu escritório. Procure-me lá.

— Amanhã é melhor! Eu o procurarei. Agora devo ir para casa.

Fechava-se aquela noite de tanto sucesso, e tudo voltava a ser como antes, mas, para Antonino, havia uma diferença. Ele não seria, a partir de então, o desconhecido de antes. Seu nome e sua arte seriam comentados nos meios artísticos, e entre o público comum também, aquele que comparecera.

8 TRISTEZA PROFUNDA

NA MANHÃ SEGUINTE a tia quis cumprimentá-lo pelo sucesso que já sabia, ele havia alcançado, demonstrando felicidade e augurando, também, para ele, um grande futuro. Ao final, ela completou.

— Sabemos, Antonino, que o seu sucesso só a você pertence, por todo o talento que tem e pela sua dedicação, mas nos sentimos um pouco parte dele por você morar conosco, por ser nosso sobrinho, e sentimo-nos muito felizes por isso. Só esperamos que agora, depois de hoje, você não queira nos deixar.

— Não diga isso, titia! Sabem o quanto sou grato pelo que fazem por mim, e agora que poderei ajudá-los também nas despesas, pelo trabalho e pela hospitalidade que me dão, se me permitirem continuar aqui, me deixarão muito feliz.

— É tudo o que queremos! – manifestou-se o tio.

— Devo ir ao escritório do meu agente para acertarmos as contas. Não tenho nenhuma noção do quanto poderei receber.

— Fique atento porque você viu, todos os ingressos foram vendidos!

— Eu ficarei, mas devo confiar. Não fosse ele, nada do que houve ontem teria acontecido.

— Reconheço isso, mas deve pensar que os agentes vivem disso, é o trabalho deles, e eles só procuram quem lhes possa dar algum lucro.

— Muito justo! Se preciso viver eles também precisam!

— Mas não se esqueça do seu talento, da sua arte!

— Está bem, titio! Estarei atento.

Antonino saiu, foi ao escritório, reuniu-se com o agente que já possuía tudo acertado, – todas as despesas, e a importância bruta de todos os ingressos. Demonstrou as contas que ele acompanhou sem muita preocupação e, ao final, entregou-lhe uma importância que ele nunca tivera em suas mãos.

Quando morava com os pais não via dinheiro, pois o pai pagava todas as contas e nada lhe dava para gastos particulares. Quando veio para Roma, só via o que recebia no escritório e que dava para pagar suas aulas e nada mais.

Pareceu-lhe que, para acumular aquela importância, precisaria trabalhar durante muito tempo no escritório.

Antonino agradeceu o agente colocando-se à disposição para o que desejasse, e ele, antes do jovem sair, disse-lhe:

— Já estou pensando em nova apresentação, mas para

daqui a alguns meses. Depois pretendo levá-lo a outros locais. Você começará a viajar, levando a sua música para outras cidades, quiçá, até a outros países.

EM CASA, ANTONINO mostrou ao tio a importância que havia recebido, separou a metade e estendeu para que ele a pegasse.

— O que é isso?

— Não é tudo o que devo nem o que merecem, mas o que lhes posso dar desta vez. Futuramente darei mais quando novas apresentações houver.

— Não me ofenda! Tê-lo aqui conosco é uma grande satisfação e nós é que lhe deveríamos pagar por isso.

— Eu deveria dar-lhe tudo o que recebi, mas estou precisando de algumas roupas, de novas partituras.

— Pois faça as despesas que precisar e o resto guarde para necessidades futuras. Nunca sabemos o dia de amanhã! Para nós você nada deve! Nós é que lhe devemos a alegria que trouxe à nossa casa.

— Ficarei constrangido se não aceitar!

— Não insista, não aceitarei! Esse dinheiro é seu, é resultado de uma alegria muito grande que o público lhe deu e que você deu a ele.

— Está bem, titio! Por agora não insistirei mais, mas o guardarei comigo. Quem sabe em outra ocasião o senhor aceitará.

— Este assunto fica encerrado aqui! Não torne mais com essa mesma conversa que você me ofende!

— Não é assim que eu gostaria de ficar aqui! Fui recebido com tanto carinho e deferência, sinto-me bem com vocês, mas gostaria de ajudar nas despesas.

— As despesas desta casa são de minha obrigação e eu tenho o suficiente para isso. Jamais iria aceitar o dinheiro de um jovem como você, meu sobrinho, que está começando a vida agora.

Antonino ia voltar com novos argumentos mas o tio impediu-o de prosseguir, e o assunto encerrou-se de vez.

Era a primeira vez que ele teria alguma coisa de seu, guardado para necessidades futuras e, se novas oportunidades de trabalho aparecessem, ele não iria precisar dele.

Depois de tudo acertado, Antonino recolheu-se em seu quarto e escreveu uma longa carta à mãe, contando, em detalhes, tudo o que havia acontecido e os prognósticos que tinha para o futuro. Ao encerrar a narrativa da apresentação, ainda lhe disse:

— Mamãe, só faltava a senhora aqui, mas tive-a em meu pensamento em cada nota que tocava, em cada aplauso que recebia.

Depois de alguns dias a carta chegou ao seu destino, mas não encontrou a mãe dele em boas condições de saúde.

Há algum tempo ela começara a sentir pequenos problemas, dores, indisposição, e suportou o quanto pôde sem contar ao marido. Nem nas últimas cartas que mandou ao filho fez algum comentário. Não queria levar-lhe preocupações, e o seu estado de saúde foi se complicando.

Quando contou ao marido, ele insistiu em trazer um médico e alguns exames foram feitos. Ao sair, ele deu o seu diagnóstico ao marido, dizendo:

— Não podemos afirmar com certeza porque não temos

condições para isso. Mas o estado de saúde da sua esposa apresenta-se, para mim, como muito grave e, se for o que estou pensando, nada há a ser feito, a não ser ministrar-lhe algum medicamento que a alivie da dor.

— E nós vamos ficar esperando sem nada fazer para ver o que acontece?

— Infelizmente é isso mesmo! Se não for o que imagino, com os remédios que prescrevi, em alguns dias ela estará melhor e tudo voltará à normalidade, mas se não adiantar, nada temos a fazer.

Luzia não podia saber do diagnóstico do médico para não se abater ainda mais, mas os filhos foram avisados.

— Pobre mamãe! – disseram eles. – Como faremos com Antonino?

— Quem é Antonino? – indagou cinicamente o pai.

— O que é isso, papai? Como tem coragem de falar assim sabendo o quanto ele e mamãe se queriam? Ele precisa saber! Ela quererá vê-lo!

— Aqui ele não entra!

— Papai, quando tudo está bem, quando todos estão bem de saúde e nenhum perigo ronda a vida de ninguém, podemos nos dar ao luxo de manter melindres, mágoas e até intransigências. Mas, diante de um problema de saúde que pode ser muito sério, é preciso esquecê-los para não se arrepender depois.

— Não posso arrepender-me de nada que aconteça a alguém que não conheço!

— Se mamãe chamar por ele terá coragem de não mandar avisá-lo?

— Já disse e repito: Não conheço essa pessoa!

— Se o senhor diz que não o conhece e quer assim continuar afirmando, pense em mamãe, em tudo o que sempre fez por todos nós, no amor que tinha pelo seu caçula. Devemos considerar que, de nós três, ele foi o que mais lhe fez companhia, era o que mais a compreendia e, talvez, o que ela mais amasse.

— Nada disso me importa e não toque mais nesse assunto!

— Eu vou escrever a Antonino contando o que está se passando, mas nada vou falar do que disse agora. O senhor não sabe o que está dizendo e não poderá impedi-lo de vê--la se ele vier aqui.

Quando a carta contando do concerto chegou, Luzia já não estava bem e não pôde recebê-la pessoalmente como as anteriores. Ela foi entregue a seu pai que nem a leu nem a entregou à esposa para que lesse. Ela foi esquecida numa gaveta, como se nada houvesse chegado.

Fúlvio escreveu-lhe contando os problemas de saúde que a mãe estava enfrentando, mas não pedia que ele viesse. Se isso acontecesse poderia gerar um grande problema em sua casa, com graves consequências para a saúde da mãe, mas também não podia dizer que não viesse que o pai não o receberia. Assim deu-lhe apenas a notícia sem nada pedir.

Em poucos dias chegava a carta às mãos de Antonino.

À medida que lia uma angústia dorida tomava conta do seu coração.

Comunicou aos tios o conteúdo da carta, dizendo que, ao pegar o envelope, uma sensação desagradável já o envolvera, porque não era a letra de sua mãe.

Mais preocupado ficou ao verificar a data que fora escrita. Exatamente há uma semana.

Como estaria sua mãe, decorrido esse tempo?

A tia, vendo a sua preocupação, perguntou se ele não iria visitá-la.

— É o que mais quero, titia! Entretanto, tenho receio de que papai não me deixe entrar. Lembre-se de que me expulsou de casa!

— Agora é diferente! Ante uma enfermidade de um ente querido, esquecem-se mágoas e a família reúne-se para que um dê forças ao outro. Mesmo que seu pai não o deixe entrar, você estará perto dela e, num momento em que ele sair, você entrará. Dê essa alegria a ela.

— A senhora tem razão! Devo fazer o que o meu coração manda; se ele não permitir que eu a veja, darei um jeito.

— Vá, filho! Não perca tempo que uma semana já é passada.

Antonino arrumou umas peças de roupa rapidamente e foi ver se teria meios de ir àquela hora. Ainda estavam na parte da manhã e, mesmo que chegasse à noite, não tinha importância. Iria diretamente à casa de Fúlvio, o irmão que lhe escrevera, o mesmo com o qual trabalhara algum tempo.

Assim que chegou à estação, o primeiro trem que sairia passaria pela sua cidade e ele comprou um bilhete, tomou o seu lugar e esperou que partisse.

Durante o percurso o seu pensamento ficou com sua mãe e ele recordou todos os momentos que estiveram juntos: as conversas que mantiveram, os conselhos que ela lhe dava, mas o seu coração estava confrangido. Como a encontraria após tantos dias?

À entrada da noite o trem encostou na estação de sua cidade, e ele foi a pé até à casa do irmão.

Não havia ninguém. Aquela não era hora para que ninguém estivesse na casa. Era hora em que a família se reunia para o jantar, e ele mais ainda temeu.

Decidiu ir até a sua casa para ver o que estava acontecendo e, ao chegar às imediações, viu que um movimento desusado estava ocorrendo justamente em frente à porta da casa.

Suas pernas tremeram! O que teria acontecido?

Ele desejava correr e entrar rapidamente para averiguar, mas as pernas não o obedeciam e ele receava um escândalo do pai.

Esperou um instante, acalmou-se um pouco e resolveu que o faria. Se o pai tomasse alguma atitude contra ele, a vergonha não seria sua e ele cumpriria a sua obrigação.

Assim decidido, chegou à porta e entrou. Algumas pessoas conhecidas que estavam na calçada olharam-no, mas ele passou sem reconhecer ninguém.

Na sala, deparou-se com o inesperado.

O corpo de sua mãe ali estava sendo velado. Diversas pessoas circundavam o caixão, inclusive seus irmãos e cunhadas e ele abriu caminho entre elas, debruçou-se no caixão de sua mãe e chorou muito.

A dor que sentia naquele momento não tinha comparação com nada.

Os irmãos tentaram consolá-lo e ele queria saber detalhes de tão infausto acontecimento.

O pai não estava na sala. Havia se recolhido ao quarto para um breve descanso, uma vez que passara algumas noites sem dormir acompanhando o sofrimento da esposa.

Os irmãos contaram-lhe como tudo havia acontecido e ele perguntou pelo pai, dizendo que receava encontrá-lo. Temia que o expulsasse de casa, falando em seguida:

— Nada mais tem importância agora. Para cá não voltarei mais. Se ele não permitir que eu fique aqui, não me impedirá de acompanhar mamãe ao campo santo, um local onde ele não pode mandar.

— Pobre mamãe! – exclamava ele constantemente, passando a mão pelos cabelos dela, desejando acariciá-la. Sua fisionomia estava tranquila, apesar de demonstrar que sofrera bastante.

Passada cerca de uma hora da sua chegada, o pai entrou na sala e, encontrando-o ali, chegou perto dele e disse-lhe de forma a não chamar a atenção dos presentes:

— Vá embora daqui! Nesta casa não há mais lugar para você!

— Deixe-me ficar com mamãe que amava tanto, papai!

— Não me chame de pai!

O irmão mais velho aproximou-se e pediu ao pai que se contivesse, que respeitasse o corpo da mãe e não fizesse escândalo.

— Nada fiz ainda – respondeu ele – mas se ele não sair, eu o farei.

Antonino curvou-se, beijou o rosto da mãe com lágrimas nos olhos e deixou a sala.

A sua vontade era ficar parado na calçada esperando a hora dos funerais, mas seria desagradável. Chamaria a atenção dos conhecidos que viriam falar com ele, revelando curiosidade, e assim decidiu seguir em frente. Para onde, não sabia.

Em pouco tempo o irmão mais velho alcançou-o e deu-lhe a chave de sua casa, pedindo que ele fosse para lá e descansasse.

Antonino abraçou o irmão, chorou muito, depois tomou a chave e seguiu sozinho. No dia seguinte, logo pela manhã, ficaria à espreita para ver quando o corpo fosse retirado da casa e o acompanharia.

Aquela noite ele não conseguiu descansar, tantos pensamentos, retirados do armazém das suas lembranças, lhe vieram à mente. Acontecimentos agradáveis da infância junto dos pais, mais particularmente da mãe à qual fora apegado desde sempre; outros em que o pai o humilhara até chegar à expulsão, e assim a noite passou.

Não era possível, para ele, que sua doce mãe, que se sacrificara para que ele tivesse o que mais desejava na vida, não estivesse mais com ele. Agora que as alegrias que sua nova carreira poderiam dar a ela a recompensa pelo que fizera e pela dor da sua ausência, ela não estava mais. Teria ela recebido sua carta e tomado conhecimento do seu sucesso no concerto?

Isto nunca saberia!

As horas foram passando muito lentas, propiciando a ele a oportunidade das recordações, até que começou a perceber que a noite se desvanecia dando lugar a uma tênue claridade que, aos poucos, iria se tornando mais forte, mais intensa, e o dia estaria todo estabelecido.

Ele não tinha conhecimento do horário dos funerais,

mas não tinha importância. Aguardaria o quanto fosse ne-cessário e o acompanharia para desgosto ou não do pai, que não poderia impedi-lo.

No campo santo, antes do sepultamento, a veria mais uma vez e dar-lhe-ia o seu último beijo, o beijo do adeus definitivo.

Com esse propósito, levantou-se, preparou-se e foi para as imediações de sua casa.

Quando percebesse a movimentação que antecede os funerais, aproximar-se-ia e se colocaria junto dos irmãos, e o pai nada poderia fazer.

Esperou bastante, mas, no meio da manhã, percebeu que era chegada a hora e, quando o caixão com o corpo de sua querida mãezinha foi levado à rua, ele foi se achegan-do, misturando-se entre as pessoas e ficou perto dele, junto com os irmãos.

Cada passo que dava era maior a sua dor, porque leva-ria a mãe para a sua morada definitiva, como costumavam dizer, sem tomarem conhecimento de que, quem ali esta-va e merecia todo o respeito pela oportunidade que dera ao Espírito de mais uma existência terrena, era somente o corpo.

O seu Espírito, com certeza, por tudo o que fizera, pela vida que levara, sempre cumpridora de suas obrigações no lar com os familiares, já deveria estar repousando para ini-ciar o seu refazimento, reequilibrando-se das impressões que levava da enfermidade pela qual passara, ressurgindo depois, recomposto, feliz, pronto para reiniciar a sua nova vida, a verdadeira, que é a do Espírito.

Antonino não tinha esse conhecimento, mas dentro do

que havia aprendido, do que havia convivido com a mãe, certamente, para ele, ela estaria no céu.

À beira da sepultura, antes de ser enterrada, o caixão foi aberto. Antonino abaixou-se e beijou o rosto tão querido da mãe, aos olhos de todos, sobretudo dos do pai, que nada poderia fazer e, depois de um tempo curto, ele foi fechado e enterrado.

Encerrava-se ali, naquele momento, a vida com sua mãe, mas a sua lembrança estaria para sempre no seu coração. E, se fosse possível, o acompanharia até depois da sua própria morte.

Nem Antonino compreendia o apego tão grande que tinha pela mãe, mas a satisfação que isso lhe dava era grande e ele perguntava-se: – Por que com papai nunca foi assim? Parecia que eu e mamãe fomos sempre grandes amigos, até desde antes de eu ter nascido.

Não sabia como nem onde já haviam estado juntos, mas tinha essa sensação, ao contrário do pai, que lhe parecia eram inimigos.

Terminado o sepultamento, Antonino foi saindo sozinho, mas Fúlvio chamou-o pedindo-lhe que fosse novamente à sua casa.

— Terei que ir, pois lá deixei minha bagagem! – respondeu ele.

— Precisamos conversar! Somos irmãos, quero saber da sua vida, do que tem feito, de como tem vivido!

— Eu irei!

— Preciso dar um pouco de atenção a papai! Vá que nos encontraremos em casa.

O pai, juntamente com os dois filhos mais velhos saíram,

e eles o acompanharam até a sua casa. Ao despedirem-se, o mais velho disse-lhe:

— Papai, o senhor precisa descansar! Tome algum alimento e depois deite-se que o senhor está precisando dormir. No fim da tarde voltarei para conversar com o senhor, para ver o que vai fazer de agora em diante.

— Descansem vocês também e não se preocupem comigo. Nada vai mudar além da ausência de sua mãe. Ficarei aqui juntamente com as minhas lembranças.

— Agora é um momento de união familiar e o senhor precisa considerar a sua atitude com Antonino. Ele está sofrendo muito, mais ainda que nós, porque não terá nem ao senhor, agora que não tem mais mamãe.

— Agora não é hora de falarmos nisso!

— É hora sim! É na dor que o nosso coração se abranda e a família se reúne.

— Vá descansar, filho, que eu farei o mesmo.

Pela sua atitude nada seria diferente para ele em relação a Antonino. Não conseguira perdoá-lo pelo que considerou uma grande traição, uma falta grave cometida contra ele, mas se não fosse daquela forma, se a mãe não houvesse ajudado, ele nunca saberia se realmente tinha dom para a música ou era apenas um entusiasmo que às vezes toma as pessoas, mas depois arrefece e elas compreendem que não era aquilo que desejavam.

Com Antonino aconteceu exatamente o contrário.

NA CASA DE FÚLVIO, eles puderam conversar bastante, apesar de cansados.

Era um momento importante de muitas recordações das quais a mãe fazia parte, quando ainda todos estavam juntos no lar.

A tristeza envolvia a todos e o irmão de Antonino, depois desses momentos de situações revividas, perguntou:

— E você, como está? O que anda fazendo em Roma? Como tem vivido?

— Escrevi algumas cartas à mamãe e contei como tem sido a minha vida lá! Ela nunca comentou com você?

— Muito pouco porque papai estava sempre por perto quando eu a visitava e ele proibia-a de falar.

— Sempre o papai! Gostaria de saber se mamãe recebeu a minha última carta porque ela teria ficado muito feliz.

— O que dizia nessa carta?

Antonino contou do concerto que dera, do sucesso que tivera, dizendo que escrevera em detalhes à mãe, tudo o que havia acontecido e tinha a certeza, se ela leu a carta, seus últimos dias tinham sido mais felizes.

— Desde que mamãe começou a apresentar problemas mais sérios de saúde, eu a visitava diariamente e, se essa carta tivesse lhe chegado às mãos, eu o saberia. Ela não se conteria em dizer-me, mesmo em presença de papai.

— Foi uma pena! Ele deve tê-la recebido e não lhe entregou quando viu que era minha.

— Você deve compreender papai e não guardar ressentimento pelo que ele lhe fez. Acredito que no seu coração você lá está, mas ele, por orgulho, acha que deve manter a sua atitude.

— Quando você for lá, tente perguntar a ele sobre a carta.

— Eu o farei!

— Depois que saí de casa, tive muita sorte. Sou muito bem tratado por tia Vitória, apesar do seu estado de saúde que você deve saber, e mais ainda pelo seu marido que me trata como a um filho.

— Ainda bem que assim foi, e isso confortou mamãe! Bem, vamos comer alguma coisa, depois vamos descansar. À tarde vou ver papai.

— Se ele me recebesse, também iria, mas sei que não adianta. Não se esqueça de perguntar da carta.

— Não esquecerei!

— Amanhã já irei embora!

— Por que não fica alguns dias conosco?

— Tenho obrigações lá! Amanhã, antes de partir, vou visitar o meu professor, contar o que tem me acontecido, depois irei para Roma.

— Faça como lhe for melhor, mas saiba que estamos sempre aqui e o receberemos com amor!

O dia passou como previram e, à tarde, depois de um bom descanso, Fúlvio foi ver como o pai estava.

Ele também tentara descansar algumas horas, mas disse que não conseguira.

Depois de alguma conversa e comentários sobre os funerais, ele perguntou ao pai sobre a carta de Antonino.

Ele, displicentemente, disse-lhe que havia recebido uma carta das mãos do carteiro, mas, como não conhecia o remetente, colocara-a numa gaveta.

O filho quis saber onde estava, e o pai apontou a gaveta de um móvel da sala onde se encontravam. Ele levantou-se e foi verificar.

Encontrando-a, abriu e leu-a toda. Ao completar, disse-
-lhe:

— Se o senhor tivesse entregado esta carta à mamãe, os seus últimos dias teriam sido felizes.

— O que tem essa carta para promover esse milagre?

— Leia o senhor mesmo!

— Não lerei, não!

— Lamento que mamãe não a tenha lido, porque ela conta justamente uma grande vitória de Antonino no campo que ela o ajudou a conquistar. Teria sido uma alegria e uma grande felicidade para ela, que o senhor impediu que tivesse.

O pai nada respondeu e o filho, perguntando se ele precisava de alguma coisa e oferecendo seus préstimos a hora que ele precisasse, despediu-se.

Quando se retirava, eis que seu outro irmão, o que tinha maiores afinidades com o pai, chega, deixando-o mais tranquilo. O pai teria companhia por mais algum tempo.

Em casa, contou ao irmão o que aconteceu com a carta, dizendo-lhe que a lera e cumprimentava-o pelo sucesso do seu concerto, lamentando que a mãe não tivesse tomado conhecimento do seu conteúdo.

— Não tem mais importância. De onde estiver, ela saberá de tudo o que farei daqui para a frente, velará por nós dentro do que lhe for possível, e estará feliz conosco.

— Que assim seja!

9 ACOMODAÇÃO

NA CASA DE ANTONINO, depois do pai conversar algum tempo com o filho, a certa altura da conversa, fez-lhe uma proposta:

— Como agora estou só nesta casa, gostaria que você viesse morar aqui comigo! Suas despesas seriam menores e estaríamos todos juntos. Você já me ajuda a administrar os negócios e poderíamos morar juntos.

O filho que não esperava aquele convite, ficou pensando algum tempo, imaginando que poderia não dar certo, tinha a esposa e uma filhinha, e o pai, talvez, não se adaptasse a ela. Uma criança em casa é sempre mais trabalho, mais movimentação e mais barulho, e ele poderia não gostar. Afinal, a casa era dele.

Depois de expor esse pensamento ao pai, disse que iria consultar a esposa, que decidiria. Ela poderia sentir-se constrangida e sem liberdade numa casa que não lhe pertencia, e pensaria também na filha. Mas, se ela concordasse, por ele estaria bem.

— Peça-lhe que venha conversar comigo que faremos todos os acertos. Se ela concordar, gostarei muito. A casa teria vida novamente. Vai ser difícil para mim ficar aqui sozinho.

— Falarei com ela depois lhe darei uma resposta.

Novas perspectivas de vida faziam-se no coração do pai de Antonino, das quais esse filho não fazia parte.

Quando se toma uma atitude drástica, radical, é difícil para o orgulhoso voltar atrás, e, para manter o seu ponto de vista, torna-se até mais rigoroso e mais intransigente e nenhum prognóstico de modificação é possível.

Assim acontecia com o pai de Antonino. Na falta da esposa seria muito bom ter o filho ainda no seu lar, junto com ele, mas depois do que fizera, voltar atrás demonstraria vontade fraca e ele precisava manter a palavra.

Pelo orgulho mais afastava o filho. Era óbvio que ainda o amava. Antonino sempre fora diferente dos outros, mais sensível, mais junto da mãe com quem abria o seu coração, mas depois que o expulsou de casa passou a compreendê-lo melhor.

Os que trazem dons artísticos, sobretudo aqueles que se dedicam à música de caráter elevado, tinham que possuir uma sensibilidade maior, mais apurada. Mas era justamente isso que incomodava o pai, e sentia-o agora, o quanto sua querida Luzia deve ter sofrido pela ausência do filho, ainda mais da forma como ele deixara a casa.

E a última carta que ele escrevera, não a dera à esposa. Impedira-a de ter notícias do filho que poderiam tê-la reanimado mais e a conservado viva por mais algum tempo.

Mas o que trazia aquela carta que, segundo Fúlvio, teria alegrado os últimos dias de sua mãe?

Como o filho a deixara aberta sobre a mesa, ele olhou-a de onde estava sentado e, num repente, ergueu-se e tomou-a para ler.

Sentou-se novamente e foi absorvendo palavra a palavra, linha a linha, toda a alegria do filho ao contar à mãe os detalhes da sua apresentação em público, completando com a narrativa do grande sucesso que alcançara.

Ao terminar, depois do filho reafirmar o seu amor por ela, a falta que ela lhe fazia, ele exclamou:

— Então era isso? Ele, mesmo só, está vencendo na música que tanto amava? Pelo que vejo ele não era o fraco que sempre imaginei, mas está lutando e vencendo e, quem luta e vence, é forte.

Dobrou a carta e novamente a colocou no envelope, pedindo perdão à esposa por ter impedido que ela tivesse aquela alegria.

Agora não adiantava mais lamentar-se, mas também não poderia voltar atrás. Mesmo que procurasse o filho e lhe pedisse perdão, ele jamais voltaria. Sua vida estava encaminhada dentro dos seus propósitos, e não seria o seu perdão que o faria deixar Roma e voltar para casa.

Mesmo que não voltasse porque sua vida se encaminhava para novos objetivos, ele não imaginava o quanto faria bem ao filho saber que estava perdoado, que sua casa estaria aberta para ele a hora que desejasse. E assim, levantou-se, tornou a guardar a carta na mesma gaveta e começou a andar pela casa, profundamente vazia.

Se o filho com o qual trabalhava se mudasse para a sua casa, sua vida também mudaria. Sempre convivera bem com aquele filho e, quanto à esposa e a neta, faria um sacrifício e se adaptaria a ambas. A nora seria importante porque passaria a tomar conta da casa, liberando-o dessa preocupação, e a neta, como o são todas as crianças, traria um pouco de alegria ao ambiente doméstico.

Quando esse filho chegou à sua casa e, com calma e muito jeito, conversou com a esposa, ela, a princípio, não gostou da ideia. Perderia a sua liberdade e teria que viver conforme o sogro já estava habituado, na casa que era só dele. Ela, lá, seria uma eterna hóspede, apesar de ter que tomar a si as obrigações de geri-la, no que concernia aos deveres de uma mulher na condução do lar.

Nem para isso teria liberdade porque deveria fazer como ele gostava, de forma a não incomodá-lo, e isso seria muito desagradável para ela.

Ao mesmo tempo dizia que tinha pena de vê-lo completamente sozinho. A mudança para lá teria algumas vantagens – a casa era muito melhor, mais confortável, mas não era sua. Os gastos seriam, na sua maior parte, feitos por ele, desonerando-os de muitas responsabilidades que tinham ao viverem sozinhos.

Ao final, ela pediu-lhe algum tempo para pensar, ao que o marido lhe respondeu:

— Também fico penalizado de ver papai sozinho naquela casa tão grande e, como mamãe nunca teve nenhuma filha, cabe a nós, que somos mais próximos dele, atendê-lo. Porém, compreendo perfeitamente seu ponto de vista e seus receios, e aceitarei o que você decidir. Depois que nos mudarmos, se assim resolver, não quero que em nenhum momento haja qualquer arrependimento de sua parte. O importante para nossa vida e para a vida de nossa filha e da de outros filhos que virão, é que se sintam bem, tanto aqui quanto lá. Se recusar, papai terá que compreender. Antes que se decida, vá conversar com ele, como ele me pediu. Assim poderá avaliar o que ele tem em mente, o que lhe oferecerá e, às vezes, o que imaginamos será um grande mal, poderá ser um grande bem para nós.

— Compreendo tudo isso, razão pela qual pedi um tempo para pensar. Não quero tomar decisões precipitadas, das quais poderei arrepender-me depois, sobretudo por causa de nossa filha. Seu pai não está mais acostumado com crianças e está numa idade que não tem mais paciência com elas.

— Entendo seus receios que são meus também, mas nada decida sem antes falar com ele.

— Eu o farei, mas deixarei passar alguns dias para que ele sinta como é ruim viver sozinho, e depois poderá nos entender melhor e ser mais complacente para conosco.

NA MANHÃ SEGUINTE, depois de passar a noite na casa do irmão e conseguir descansar um pouco mais, Antonino, antes de partir, foi visitar seu antigo professor.

Ao saber o que estava acontecendo com ele em Roma, augurou-lhe um futuro de muito sucesso.

Antonino imaginara, por tudo o que acontecera e pela situação que se criara entre o pai e ele, que nunca mais voltaria à sua cidade. Era uma despedida definitiva. Nada mais tinha a fazer ali.

Levara o endereço do irmão e confirmara o da casa dos tios, para, eventualmente, se houvesse necessidade, trocarem alguma carta.

No fim daquele dia chegou a Roma. Tinha o coração confrangido pela perda da mãe, pela atitude do pai, mesmo num momento em que a família deveria unir-se.

A partir de então, dedicar-se-ia à música com muito mais intensidade, e a mãe que sempre o estimulara, com certeza, de onde estivesse, o acompanharia e estaria feliz com ele.

Contou os acontecimentos deixando Vitória também consternada pela perda da irmã. Ela, que estava doente há tanto tempo, nunca pensou que a irmã partisse antes dela.

Mas Deus tem os Seus desígnios e nós não somos ninguém para fazer previsões. As surpresas acontecem, abalam nossos sentimentos, mas precisamos continuar vivendo, porque temos uma programação de vida para cumprir, muito aprendizado para realizar, muitos débitos para ressarcir.

A vida na Terra não é fácil mas muito benéfica ao Espírito, sobretudo àqueles que sabem conduzir-se, que sentem a responsabilidade da oportunidade que Deus lhe concedeu e aproveita-a para o seu aprimoramento espiritual.

Na manhã seguinte era dia de aula de Antonino, mas ele não compareceu. Não tinha condições de executar nada, nem os exercícios tão necessários para a sua maior destreza.

Deixaria passar dois ou três dias depois voltaria ao piano. Sua mãe, talvez, não aprovasse essa parada, mas ele fazia-a por si mesmo. Com o coração ainda pleno de tristeza, seria impossível retirar do piano algum som melodioso, quando o seu íntimo chorava.

Jamais ele a esqueceria, mas esperaria que aquelas lembranças mais recentes se acalmassem e só ficassem as outras vividas em companhia dela, que ele guardaria para o resto de seus dias.

Nem ao trabalho foi aquela tarde. Não se sentia em condições de fixar sua atenção em nada que fosse estranho à situação que enfrentava.

Vez por outra os encarnados são surpreendidos por situações semelhantes, quando algum ente muito querido lhes foge da presença para sempre, por ter cumprido aqui a sua vida.

É um golpe muito grande, sobretudo para aqueles que imaginam que, depois da morte, existe o nada, ou até para aqueles que sabem que a vida continua, mas que nunca mais se encontrarão porque cada um tem o seu lugar definitivo para ficar.

Para os que acreditam que a vida continua quase nos mesmos moldes que a vida de encarnado, com muitas atividades para desenvolver, muito aprendizado a realizar em locais amenos onde não há tanto sofrimento como na Terra, sobretudo para aqueles que cumpriram bem aqui, a sua existência, o sofrimento da partida de um ente querido é menor.

Há a esperança do reencontro, seja em que época for, quando Deus o permitir, e a morte é apenas uma separação temporária para aqueles que realmente se amaram.

Essa crença dá-lhes força para continuar, mesmo sozinhos, e o estímulo para fazerem sempre o melhor, para merecer do Pai essa dádiva do reencontro em melhores condições.

Se cada ser aqui encarnado se conscientizasse de que a vida na Terra é um momento diante da eternidade do Espírito, é a oportunidade do aprimoramento e deve ser aproveitada em todas as suas possibilidades de crescimento espiritual, não haveria tanto sofrimento aqui.

Cada um cuidaria das suas ações sem lesar nem prejudicar ninguém, ao contrário, aproveitaria todas as oportunidades de auxiliar, diminuindo o sofrimento de seus irmãos de caminhada terrena, e a Terra seria um lugar bem mais feliz, sem tanta dor, sem tanto sofrimento.

ENQUANTO AQUELES QUE ficaram – Antonino, seu pai e seus irmãos – reorganizassem suas vidas e acomodassem sentimentos para prosseguirem, que todos os que aqui estão precisam prosseguir, nós vamos ao encontro daquela que já havia completado a sua programação de vida na Terra, e também precisava prosseguir, mas agora em outro local, em outra dimensão, que é a verdadeira vida do Espírito.

Alguns poucos dias antes do seu desprendimento do corpo, uma pequena equipe que a ajudaria nos últimos momentos, chegou à sua casa.

Era preciso transmitir-lhe serenidade diante do que se aguardava, para que seu Espírito pudesse receber, depois, sem nenhuma resistência, sem nenhum receio, o auxílio a que fizera jus pelo modo como conduzira a sua vida na Terra.

Assim preparada e protegida, o momento supremo de desprendimento do corpo foi tranquilo e, em seguida, deixando-o imóvel sobre o leito porque dele não precisaria mais, ela foi levada adormecida e completamente inconsciente do que acontecera, para a sua nova morada.

Era o mesmo lugar de onde havia saído para cumprir sua recente encarnação, onde se preparara, onde aceitara o plano que lhe fizeram por compreender que seria benéfico ao seu Espírito, pois cumpria algumas necessidades de resgates que teria para realizar. Mas trazia, também, uma missão importante junto de um ente muito querido. No tempo adequado o receberia como filho para encaminhá--lo no que ele trazia como tendência maior do seu Espírito, e também para promover a união maior entre ele e aquele que seria seu pai, por situações adversas que já haviam acontecido entre ambos em existências pregressas.

Sabemos que aqueles que se reúnem para uma existência terrena, sobretudo dentro de uma mesma família, quase todos já têm laços que os prendem uns aos outros; laços esses construídos no passado e que tanto podem ser de afeto para uma convivência de auxílio mútuo, ou de desamor para que antigas contendas sejam dirimidas e transformadas em afeto.

No lar de Luzia não seria diferente.

Mas deixemos essa questão para ser esclarecida no momento certo e vamos continuar a nossa narrativa, acompanhando Luzia e o seu refazimento.

Depositada num leito onde o sofrimento dos últimos tempos não mais existia, pois ela ali estava somente em Espírito para recompor-se, há alguns dias estava adormecida.

Tinha sempre ao seu lado, mesmo nessa condição, irmãos abnegados que cuidavam dela, transmitindo-lhe passes que lhe dessem energias novas quando despertasse e asserenasse seu Espírito pela nova situação que teria de viver, afastada dos seus entes queridos.

Quando consideraram que o tempo de adormecimento já era suficiente porque viam como o seu Espírito estava reagindo bem a tudo o que lhe proporcionavam, ela foi despertada.

Tão bem estava pelo progresso realizado enquanto encarnada, que logo entendeu sua nova condição. Não trazia nenhum sintoma da enfermidade através da qual retornara ao Mundo Espiritual.

Ao seu redor, nenhum rosto conhecido, mas todos transmitindo-lhe serenidade e confiança através do sorriso que tinham nos lábios, para recepcioná-la com alegria.

Logo ela quis saber o que estava acontecendo, onde estava, porque o lugar ainda lhe era estranho.

Depois de todas as explicações transmitidas com muito jeito para que ela considerasse tudo aquilo como muito natural, foi adormecida novamente. Agora em condições diferentes, semelhantes às que o encarnado enfrenta à noite ao adormecer e pela manhã ao despertar, quando retorna à plena consciência de si mesmo e das atividades que tem que realizar durante o dia, ou que continuar as interrompidas para o necessário repouso.

Assim aconteceria por alguns dias seguidos, e cada vez mais os períodos desperta iam aumentando, até que ela pudesse deixar o leito e recomeçar uma outra fase do seu refazimento.

Algum tempo era passado de sua partida da Terra e os que ficaram iam se acomodando.

O irmão de Antonino e a esposa, depois de um entendimento franco com o pai, para que futuros problemas fossem evitados, mudaram-se para junto dele, e se acomodavam também dentro de sua vida.

Antonino, em Roma, retomara as suas atividades, tanto o trabalho relativo à profissão que ainda não tinha condições financeiras de deixar, quanto ao seu piano.

Depois da partida da mãe, parece que colocara mais alma, mais sentimento no que tocava e estava muito melhor, detalhe esse que seu professor notou.

O seu agente, porque também era do seu interesse, estava entabulando conversações para uma nova apresentação ao público, e Antonino, já notificado, preparava um novo rol de músicas, agora mais suaves, mais ternas, que tocassem mais o coração do seu público ouvinte, mas, na verdade, era resultado do que ele próprio trazia no seu coração.

A lembrança da mãe e a dor de saber que nunca mais a veria traziam-lhe muita tristeza, ainda mais por não ter estado com ela, acompanhando sua enfermidade para levar-lhe o conforto da sua companhia, e por não ter estado com ela no seu último momento, eles que se amavam tanto e a quem ele era tão grato.

LUZIA, NO SEU POUSO de paz, se refazia. Era alvo das atenções dos que dela cuidavam, como o fazem com todos sob sua guarda e responsabilidade.

Depois de alguns dias, dentre as almas abnegadas que dela cuidavam, uma, irmã Ambrósia, levou-lhe uma notícia que ela considerou auspiciosa.

— Querida irmã, hoje vim buscá-la para um pequeno passeio. Far-lhe-á bem!

— Como irei irmã?

— Em minha companhia! Vamos, levante-se que eu a conduzirei. O tempo de repouso absoluto já terminou. A senhora está bem e tem condições de levantar-se. Vamos, que eu a ajudarei!

— Eu tentarei, irmã, e, se Deus me ajudar como tem me ajudado tanto, eu conseguirei!

Irmã Ambrósia auxiliou-a com bastante cuidado e um pouco de lentidão pela própria insegurança de Luzia, e ela pôs-se em pé.

Apoiada na bondosa irmã ela começou a caminhar, vacilante, de início, ao mudar os passos, mas, ao chegarem frente ao amplo jardim ela sentia-se mais segura e menos receosa.

Extasiada com toda a beleza que ele demonstrava, ela assim se expressou:

— Obrigada irmã, por trazer-me neste local onde a magnanimidade de Deus está comprovada em cada flor, em suas formas, cores e perfumes diferentes.

— Deus tudo dispôs a nosso favor tanto aqui quanto na Terra. Mas vamos começar a nossa pequena caminhada e sentar-nos no banco vazio mais próximo que encontrarmos.

— Vejo que há muitas pessoas andando por aqui, outras sentadas conversando. Parece-me um lugar muito aprazível e de muita paz.

— Apropriado para cada um que já tem condições de aqui estar para analisar-se a si mesmo, para refletir na sua vida terrena, reconhecer os acertos e erros, que sempre os há, e fazer novos propósitos. O lugar é favorável para isso. As conversas com os companheiros que se encontram em idênticas condições são muito boas, porque a troca de experiências é promovida. Não aprendemos somente com nossos erros, mas com os dos outros também, se soubermos tirar de cada um deles uma lição que nos será benéfica.

Logo chegaram a um banco e irmã Ambrósia convidou-a a sentar-se:

— Aqui estaremos bem! Nas próximas vezes caminharemos um pouco mais.

Depois de mais alguns comentários a respeito do lugar e dos benefícios que ele trazia a todos, irmã Ambrósia indagou:

— Como se sente em relação ao afastamento do seu lar, dos seus entes queridos?

— Essa é a parte mais difícil de estarmos aqui, porque sabemos, não podemos voltar. Preocupamo-nos em saber como estão se saindo sem a nossa companhia, sem os cuidados que dispensávamos a todos.

— Os que ficam sempre se acomodam. Reconheço que lhes é difícil, mas a senhora deixou seus filhos adultos e dois deles, já casados. Têm quem deles cuide. Seu marido saberá conduzir-se também. Pelo seu modo de ser saberá como fazer. Deus não desampara ninguém. Confie n'Ele e não se preocupe com os que ficaram.

— Sei do que a irmã está falando, mas os nossos sentimentos pelos nossos queridos é sempre muito forte. Se dois de meus filhos estão casados, meu querido Antonino, tão sensível, tão amoroso, deve estar sofrendo muito. Fomos obrigados a nos afastar um do outro por imposição de meu marido.

Interrompendo-a, irmã Ambrósia pediu-lhe:

— Deixe essas recordações e lembre-se dos bons momentos que teve com ele, do carinho que ele lhe dispensava, e pense que, apesar de agastado, ele está fazendo o de que gosta e, em relação à sua arte, está muito feliz.

— A senhora conhece meu filho para falar assim dele?

— Não o conheço mas cada um que chega para se recompor, o que terá a responsabilidade de cuidar dele mais diretamente, precisa tomar conhecimento de como correu sua vida na Terra, os entes queridos que a compuseram, as inimizades, se as houve, a fim de que tenhamos maiores condições de auxiliar. Frequentemente somos levados aos arquivos de algumas existências pregressas que melhor expliquem algum fato ocorrido com esse interno.

— É muito bom saber disso. Imagino que ainda não seja o momento porque reconheço, preciso melhorar ainda mais, mas, quando tiver condições, gostaria de saber porque meu filho Antonino foi sempre mais chegado ao meu coração que os outros. É óbvio que amo muito meus filhos, mas esse amor, com ele, sempre se expressou de forma diferente, mais terna. Compreendíamo-nos muito mais e sabíamos, por detalhes imperceptíveis a qualquer um, quando um ou o outro não estava bem.

— São as afinidades espirituais!

— Sinto que é muito mais que afinidades!

— Bem, como a senhora mesma falou, ainda não é hora de remexermos no seu passado mais longínquo. Quando chegar o momento, se for permitido por alguma necessidade benéfica, se ele lá estiver, a senhora certamente o encontrará. Não se preocupe com o que não tem importância para o momento. Cuide-se de melhorar cada vez mais para que um dia também possa auxiliar seus irmãos mais necessitados, desenvolvendo alguma atividade em favor deles.

— Eu me esforçarei, irmã, e assim que me sentir em condições ou que a senhora mesma vir em mim condições de auxiliar, estarei à disposição, e farei o meu trabalho com amor.

— No momento certo as tarefas chegam. Agora vamos entrar, precisa voltar ao leito novamente.

10 VISITA MATERNA

APESAR DE ANTONINO e a mãe estarem afastados, tão distantes, cada um vivendo na sua dimensão, a que é própria aos que ainda gravitam na Terra e a que é pertinente apenas ao Espírito, eles estavam sempre unidos pelo pensamento.

Quando ainda estamos encarnados e nos deparamos com a partida de um ente muito querido, devemos direcionar-lhe pensamentos de amor, de paz, que possam chegar até ele e levar-lhe esse conforto tão necessário ao que se refaz, para que esse refazimento transcorra serenamente e nada venha a interferir de modo negativo perturbando-lhe.

Essa é uma atitude que todos os que aqui permanecem devem assumir, a fim de colaborar com aqueles que partem. Se o amam tanto como o dizem, devem querer para eles o melhor.

Atitudes desequilibradas de desespero chegam até ele, ocasionando-lhe um desarranjo em suas potencialidades ainda não totalmente reequilibradas por tudo o que levou da Terra e, ao invés de lhe demonstrarmos o nosso amor, o nosso desejo de paz e serenidade para que se recomponha mais rapidamente, levamos-lhe também o nosso desespero.

Isto sem falarmos naqueles que perdem um ente querido que ainda precisa refazer-se para retornar à plenitude das suas possibilidades, e começam a levar-lhes todas as suas angústias, preocupações e anseios, imaginando que, por terem retornado ao Mundo Espiritual, têm todas as condições de ajudá-los a solucionar os seus problemas, e emitem-lhe constantes apelos que só os prejudicam. Como ainda não têm condições de auxiliar, sofrem muito, retardando o seu reequilíbrio.

Felizmente, mesmo sem esse conhecimento, mas com o bom-senso daqueles que amam verdadeiramente e desejam para o seu ente querido o melhor, Antonino procedia de modo correto.

Seu pensamento sempre ligado à mãe, desejava-lhe bem-estar onde ela estivesse, e que, com certeza, segundo o seu conhecimento, só poderia estar no céu.

Da mesma forma a mãe que o amava muito, desejava que ele conseguisse, pelo seu esforço, pela sua dedicação, tudo em relação à sua música e à sua vida particular.

Ela pensava nele que vivia só, apesar de estar junto dos tios, mas precisava encontrar alguém que lhe despertasse o coração para o amor, uma jovem também sensível que o compreendesse e compreendesse a sua arte, e ainda o auxiliasse com seu estímulo a fim de que ele chegasse onde almejava.

Ela não tivera conhecimento do seu primeiro concerto nem do sucesso que alcançara, que ainda não era o momento, mas quando lhe fosse benéfico, irmã Ambrósia lhe contaria.

Enquanto ela progredia a olhos vistos na sua recomposição, ele, aqui na Terra, progredia, na sua arte.

Outro concerto já fora marcado e todas as providências que o envolviam estavam sendo tomadas. Antonino com sua preparação e aperfeiçoamento do repertório que selecionara, e o agente com tudo o mais para que a casa onde se apresentasse estivesse repleta de amantes da boa música e da boa execução.

Dessa vez seria em outro local. É sempre bom que se diversifique o lugar da apresentação, para congregar um público diferente, que se vê mais atraído por este ou aquele, no qual se sente melhor, a fim de que nada aparente uma cópia do que já havia sido.

Até para o artista é um estímulo diferente e ele se prepara ainda mais. Não sabe a reação que o público terá nem o quanto se sentirá melhor neste ou naquele local.

Enquanto uma cidade pode oferecer essa diversificação, pelo menos variando entre dois ou três lugares, maiores ou menores não importa, pois grande parte do público é o mesmo. Os que gostam de música, os que já assistiram a outras apresentações do artista e gostaram, retornam atraídos por um novo repertório ou mesmo para se deliciar com a habilidade da sua execução, seja com que repertório for. Para muitos, não há repertório e sim uma boa execução.

Com isso, o público também é diversificado e as casas de espetáculo ficam sempre repletas, o que é muito bom para o artista.

Desta vez o teatro onde Antonino se apresentaria era menor e, pela grande aceitação e procura de ingressos com antecedência, o agente houve por bem preparar mais uma apresentação para a noite seguinte. Assim, o público estava tendo a possibilidade de escolha da noite que mais lhe conviesse.

O jovem pianista revia o repertório com o professor que o ajudava, e ele estava, apesar de radiante de alegria, um tanto preocupado, como é próprio dos que se apresentam a um público, mesmo sendo um virtuose da música ou de qualquer outra arte.

É a responsabilidade do artista que o leva a esses sentimentos, e é sempre bom que assim aconteça porque o espetáculo é mais bem cuidado, com maiores possibilidades de êxito.

Até que o dia do concerto chegasse, algum tempo ainda deveria passar.

Luzia melhorava cada vez mais, pelo seu esforço, pela bagagem que seu Espírito trazia e que a cada dia ia se tornando mais aparente, sublevando do mais profundo do seu ser espiritual para se mostrar com todas as conquistas que já havia feito em existências anteriores, como também pelo modo como se conduzira na última que vivera na Terra.

No dia em que Antonino se apresentaria ao público para o seu concerto, irmã Ambrósia, entendendo que ela já podia ter esse conhecimento, falou-lhe da sua apresentação, do êxito que já havia tido em outra, justamente quando ela ainda estava na Terra, e falou-lhe da carta que ele lhe escrevera contando o seu sucesso, revelando também o que o marido fizera com ela.

— Então o meu querido filho apresentar-se-á hoje, num concerto?

— Sim, querida irmã! E pela grande procura dos ingressos, amanhã também. Quis contar-lhe porque a senhora está merecendo ter essa alegria.

— De fato, a alegria que me toma o coração, neste momento, é grande e faz-me agradecer a Deus a inspiração e auxílio que tive para poder proporcionar-lhe as primeiras aulas e, depois, até que completasse seu curso de Direito e teve que ir embora de casa. Eu já previa em meu amado filho um grande pianista. Ele queria ser um compositor. Falava-me sempre de umas melodias que lhe vinham à mente e que uma força obrigava-o a passar para o piano, fixando as notas na pauta. Esse fenômeno tem continuado?

— Quanto a isso falaremos em outra oportunidade, agora não é o momento.

— Tem razão! Fale-me mais do concerto! Como gostaria de estar junto dele e vivenciar todo o sucesso que terá! Antonino merece tudo de bom que lhe possa acontecer. Diga-me, irmã, eu não poderei estar com ele, hoje? Sei que o intercâmbio entre o Mundo Espiritual e a Terra é grande e, se me permitissem, não seria impossível.

— Se lhe falei hoje desse concerto, é porque a senhora tem permissão de estar com seu filho.

— Como lhe devo agradecer, irmã?

— O seu agradecimento deve fazê-lo a Deus. É Ele que lhe está permitindo essa alegria.

— Eu agradecerei!

— Não só em palavras como está pensando!

— Como assim?

— Devemos agradecer a Deus as graças que nos concede, expressando, do mais íntimo do nosso coração, esse agradecimento, mas muito mais que as palavras, devemos fazê-lo com nossas ações, auxiliando Seus outros filhos, os que ainda precisam de nós. Se recebemos d'Ele o que tanto desejamos, é justo que O auxiliemos.

— Eu o farei, irmã! Por essa concessão que Ele me faz, dedicar-me-ei ainda mais às minhas atividades e lhe serei grata eternamente. Estar com meu filho, hoje, é a maior graça que poderia receber.

Depois de calar-se por alguns instantes, Luzia tornou com a palavra, indagando à irmã Ambrósia:

— Querida irmã que se faz portadora de tão auspiciosa notícia, como farei para retornar à Terra? É uma experiência inusitada para mim!

— Sabemos disso! A senhora não tem condições de ir sozinha. Um dia o terá, mas é ainda um pouco cedo. Eu a acompanharei!

— A senhora se dispõe a ir comigo?

— Sim, irmã! Nosso coração se alegra com a alegria daqueles que queremos bem. Por isso, não estarei lhe fazendo nenhum favor, mas alegrando o meu coração também.

— Como a senhora é bondosa, irmã! Transforma um favor que me fará em alegria para si mesma! Isto é próprio das almas nobres como a sua o é!

— Tenho muito ainda a aprender e até a resgatar! Minhas incursões num corpo físico ainda não se completaram. Venho me esforçando para conseguir melhorar e, quando chegar a minha vez de retornar, levar no Espírito uma bagagem de elementos que faça com que suporte os revezes de uma existência terrena com entendimento, aceitação e bastante trabalho.

— A senhora o conseguirá! Como faremos para ir?

— Ainda temos algumas horas até a nossa partida, por isso peço-lhe que se recolha em orações e prepare-se para que nada ocorra em nosso percurso e possamos chegar bem ao nosso destino.

— Se Deus permitiu a nossa ida Ele nos auxiliará!

— Deus sempre nos auxilia e protege em tudo, mas não podemos ficar inativos esperando o Seu auxílio. Devemos fazer por merecê-lo. Fazendo a nossa parte, receberemos a d'Ele.

— E a minha parte, agora, é preparar-me em preces?

— Isto mesmo, depois de agradecer-Lhe pelo que está lhe concedendo.

Irmã Ambrósia combinou com ela quando e onde se encontrariam e despediu-se deixando Luzia só para o seu recolhimento. E ela, ao invés de recolher-se num recanto tranquilo da edificação que a abrigava, saiu para o céu aberto.

Era lá que encontraria um local tranquilo e de muita paz, em contato com a natureza. Entraria em comunhão com o Pai para as suas preces, até que chegasse a hora de se encontrar com irmã Ambrósia e partir para o que tanto desejava.

À hora combinada, a partida se deu. Elas iriam diretamente ao teatro para vê-lo lá.

Assim que chegaram, viram uma movimentação nas imediações, aquela em que as pessoas interessadas no que se apresentaria iam chegando para tomar seus lugares.

Luzia, admirada, quis parar um pouco à porta.

— Todas estas pessoas estão vindo para ouvir a música de meu filho?

— Sim, irmã! Seu filho já está construindo o seu nome no meio artístico da música clássica!

— Terá ele chegado?

— O artista sempre se antecede ao público. Assim, assserena seu coração, fica tranquilo e a sua apresentação é bem realizada.

— Então entremos, irmã! Não vejo a hora de abraçá-lo!

— Antes do concerto a senhora não se aproximará dele!

— Não terei a alegria de abraçar meu filho?

— Tê-la-á no final! A senhora sabe que seu filho tem uma sensibilidade muito apurada e, se o abraçar, ele irá sentir e poderá perturbá-lo.

— Nunca desejei perturbar meu filho, apenas ajudá-lo!

— Então faça como lhe recomendei, uma vez que deseja para ele o melhor. Se se aproximasse muito e ele captasse a sua presença, pelo amor que lhe dedica poderá desviar seu pensamento da música para fixá-lo na senhora. Entendeu o que quis dizer?

— Sim, irmã, e prometo não perturbá-lo.

— Depois da apresentação a senhora o abraçará e seu filho entenderá que esteve com ele o tempo todo. Dirija--lhe, enquanto ele estiver se apresentando, pensamentos de paz e serenidade, para que ele se sinta bem e execute as peças que escolheu com mais amor ainda.

— Eu o farei! Mas entremos, o teatro já deve estar repleto.

— Vamos!

Elas dirigiram-se diretamente para os bastidores mas não o viram. Ele deveria estar em seu camarim, recolhido, naqueles momentos que antecediam sua entrada no palco.

— É melhor que nos coloquemos entre o público – recomendou irmã Ambrósia.

— Está bem! Eu o verei quando ele entrar no palco.

Elas foram para o recinto destinado ao público, colocaram-se bem à frente num lugar onde a visão lhes seria total, e, em pouco tempo, Antonino entrava para a sua apresentação.

Ele recebeu os aplausos do público presente, curvou-se em agradecimento e sentou-se ao piano.

Luzia estava emocionada.

— Jamais imaginei, um dia, estar presente a um concerto de meu filho! Não que duvidasse do valor dele, mas meu marido, se eu ainda estivesse encarnada, jamais permitiria.

— O Espírito é livre, irmã, pode ir aonde deseja, desde que faça por merecer.

O silêncio no teatro era total, e a primeira peça começou a ser executada.

Ah, o seu menino, aquele que embalara em seus braços, era um homem e fazia o que desejava tanto. Ela precisaria conversar com irmã Ambrósia para saber porque ele trouxera aquele dom tão exacerbado em seu Espírito, que fê-lo lutar por ele e estava vencendo. Que Espírito era aquele que fora entregue aos seus cuidados para que ela o encaminhasse?

Se assim era, ela soubera cumprir a sua parte, esforçando-se para que o filho seguisse o que tanto deseja-va. Como se sentia feliz!

Enquanto assistia à execução do filho ela formulava tantos pensamentos, tantas recordações assomavam-lhe à mente, mas muitas indagações que nunca a preocuparam invadiam o seu Espírito, e ela teria muito para perguntar à bondosa irmã que a acompanhava.

Cada vez mais encantada com o filho e deslumbrada com tantos aplausos, a apresentação completou-se.

O público ainda permanecia em pé aplaudindo e ela olhou para irmã Ambrósia, dizendo:

— Gostaria de estar lá dentro quando ele deixasse o palco. Mal contenho a minha ansiedade em abraçá-lo.

— Pois vamos logo que muitas pessoas, admiradoras da arte dele, não se contentam em apenas ouvi-lo mas de-sejam falar com ele, abraçá-lo também.

Quando Antonino deu o primeiro passo fora do palco, Luzia foi ao seu encontro e abraçou-o profundamente.

Ele, no mesmo instante, parou e exclamou de si para consigo:

— Mamãe!

— Sim, sou eu, meu querido filho! Tive a graça de po-der estar com você neste dia de tanta alegria!

Ela continuou a transmitir-lhe palavras que revelavam o seu amor por ele, o seu estímulo, e embora ele não as captasse conforme ela as emitia, sentiu a sua presença e o conforto que lhe transmitia.

Os que desejavam abraçá-lo foram ao seu encontro e aquela ligação que se fizera, por poucos segundos, desfez-

-se. Por ele continuaria ali parado vivendo aquele momento tão importante, sem conseguir saber nem explicar o que estaria acontecendo.

Muitas pessoas o abraçaram e foram se retirando, restando apenas duas – um senhor do qual Luzia trazia uma tênue lembrança e uma jovem que não conhecia.

— Hoje você superou a sua apresentação anterior! Você esteve magnífico! – disse-lhe o tio, abraçando-o.

— Devo muito do que consegui hoje, ao senhor, titio!

Cláudia também o abraçou e Luzia compreendeu que eram o seu cunhado e a sua sobrinha.

Ah, como queria agradecer-lhes pelo que faziam ao seu filho! Ele tivera no tio o que não tivera no pai.

Aproximando-se dele ela deu-lhe um abraço de muita gratidão, desejando-lhe o melhor porque ele o merecia.

Não tão sensível como o sobrinho, ele nada percebeu, a não ser uma sensação de bem-estar que assim considerou:

— A sua música proporcionou-me um grande bem-estar e estou sentindo-me muito feliz.

— Também estou feliz!

— Então vamos para casa! Nós o acompanharemos!

Luzia olhou para a sua bondosa companheira, como que perguntando:

— E nós?

Compreendendo o significado do seu olhar e vendo o seu pensamento, irmã Ambrósia respondeu-lhe:

— Nós os acompanharemos!

— Terei essa felicidade de estar mais um pouco com meu filho?

— Esta noite é toda sua! Terá um encontro com seu

filho e depois, se quiser, poderá avistar-se com sua irmã. Pela manhã iremos embora.

— Obrigada, irmã, obrigada!

— Acompanhemo-los!

Antonino, apesar de todo o sucesso que conquistara, ia pensando na mãe, naquela sensação que tivera e o tio, vendo-o tão calado, indagou:

— Depois do sucesso desta noite você deveria estar esfuziante de alegria, no entanto, vejo-o calado, pensativo.

— É fora de dúvida, titio, que estou muito feliz, mas pensava no que me aconteceu quando me retirava do palco.

— E o que aconteceu além do público que o cercou desejando falar-lhe, abraçá-lo?

— Senti a presença de mamãe junto de mim, como se ela tivesse estado lá o tempo todo, vendo-me tocar.

— Nada mais justo que estivesse! Sua mãe merecia participar com você de uma noite tão feliz!

— Receio ter sido ilusão dos meus sentidos!

— E por que o seria? Ela não poderia estar lá com você?

— Gostaria muito que tivesse estado. Mamãe nunca me viu retirar uma única nota do piano. Se realmente era mamãe, ela deve estar muito feliz, mais ainda que eu pelo sucesso que obtive.

Assim conversando eles chegaram a casa. Como era tarde, a tia já repousava e cada um foi para o seu quarto.

Luzia estava feliz de ver como o filho era tratado pelo tio, ainda mais pelo conforto que aquela casa lhe proporcionava.

— Deixaremos que seu filho adormeça, depois a senhora poderá ter um encontro com ele. Seu Espírito, ao desprender-se do corpo, se deparará com a senhora e ficará muito feliz.

— Gostaria que ele adormecesse logo!

— Pelo sucesso da noite, seu Espírito está alerta, preso ao corpo pelos seus pensamentos, pelo reviver de todas as emoções que experimentou. Mas nós o ajudaremos! Transmitir-lhe-emos um passe tranquilizante e, em poucos instantes, ele estará dormindo.

Assim que ele se deitou, irmã Ambrósia procedeu como imaginara e, em pouco tempo, o Espírito do jovem deixava o corpo e encaminhava-se para a porta do quarto.

A abnegada companheira de Luzia, antes que ela falasse com o filho, disse-lhe:

— Agora é um momento só seu e de seu filho. Afastar-me-ei que também vou aproveitar esta oportunidade para uma visita muito querida e, ao amanhecer, retornarei.

— Ficarei só?

— Não, ficará com seu filho! Quer companhia melhor?

— Obrigada, querida irmã!

— Agora vá, apresente-se a ele e tenham um encontro muito feliz!

Luzia acompanhou o filho e não viu mais irmã Ambrósia.

Na sala, diante do piano, ele parou e ficou olhando profundamente para ele, como que lhe agradecendo por tudo o que lhe estava facilitando para os seus estudos, e nisso Luzia, achegando-se mais, chamou-o:

— Filho querido!

Voltando-se rapidamente ele se deparou com ela e atirou-se em seus braços num amplexo intenso de saudade, de amor, de gratidão, ao mesmo tempo em que exclamou:

— Eu não estava errado! Era a senhora mesma que estava comigo!

— Sim, filho! Tive permissão de estar com você nesta noite de tanta alegria. Mal podia acreditar que fosse o meu querido menino que lá estava diante do público, apresentando-se magnificamente.

— Sempre disse à senhora que queria ser um concertista e estou conseguindo. Ainda é apenas um começo mas progredirei mais.

— Que Deus o abençoe sempre e ilumine os seus caminhos para que todos sejam de muita luz para você! Você já é um vencedor, filho!

— A senhora sempre me estimulando, mesmo não estando mais entre nós!

— Agora tenho mais possibilidade que antes de estar com você. Se ainda tivesse meu corpo, jamais teria estado no seu concerto, nem estaríamos juntos agora.

— Se antes estava feliz, agora a minha felicidade é completa.

— É uma pena que seu pai não participe desses momentos da sua vida e se sinta feliz também.

— Lamento muito, mas tenho tido em titio, aqui, o que não tive de papai.

Depois de algum tempo de conversa, Luzia perguntou-lhe:

— E aquelas melodias que lhe vinham à mente, filho, continuam?

— Nada tenho sentido ultimamente, mas gostaria que retornassem. Agora tenho mais possibilidade de passá-las para o piano.

— Se tiver que continuar, retornarão, mas não se preocupe com isso! O que está reservado para nós, em nossa vida, é só nosso. Se você tiver que ser um compositor, o será!

— Não me preocupo mas gostaria que retornassem.

— Devem ter sido interrompidas por tudo o que tem acontecido em sua vida. Quando estiver mais estabilizado e tranquilo, se tiverem que retornar, retornarão. Gostaria também de ver Vitória, de falar-lhe.

— Tia Vitória deve estar adormecida, mas seu Espírito, gozando da liberdade que não tem enquanto no corpo, deve ter saído para algum passeio, para readquirir um pouco das energias de que necessita para viver acorrentado a um corpo tão deficitário.

— Seria melhor verificarmos se ela realmente dorme.

— Vá até o quarto dela, mamãe!

Luzia achou por bem seguir a sugestão do filho, e viu que Vitória dormia profundamente. Seu Espírito deveria estar longe.

— Ficaremos atentos! – disse-lhe o filho. – Quando ela voltar, a senhora se apresentará e, tenho a certeza, titia ficará muito contente.

Os dois continuaram a conversar e, depois de algum tempo, eis que Vitória, lépida e demonstrando alegria, aproximou-se da porta do seu quarto.

Antes que ela entrasse, Luzia chamou-a e ela, voltando-se, deparou-se com a irmã e o sobrinho.

Ambas abraçaram-se profundamente, sem que Vitória compreendesse bem o que estava se passando, mas a irmã logo explicou:

— Tive permissão de vir para estar com meu filho no concerto desta noite, mas quis vê-la também e falar-lhe, e só desta forma é possível. Não estou mais no seu plano e, de outro modo, não poderíamos nos falar. Agora somos iguais, falamo-nos de Espírito para Espírito, não obstante o seu ainda esteja preso ao corpo.

As duas recordaram-se do tempo feliz em que viviam juntas, no seio familiar, mas depois, pelo casamento, separaram-se e nunca mais se viram.

Quando Vitória se despediu da irmã e retornou ao corpo, o dia logo amanheceria. Luzia quis conversar ainda com o filho porque sua abnegada companheira não tardaria a chegar para levá-la.

— A senhora não vai ver papai?

— Desta vez não, filho! Vim para vê-lo, para alegrar-me com as suas músicas e para estimulá-lo a prosseguir porque você ainda conquistará muitos louros na sua carreira.

— Assim espero, mamãe, porque o piano é minha própria vida. Quanto mais estudo mais quero estudar, quanto mais toco mais quero tocar. Se fosse por mim, ainda estaria lá no teatro tocando.

— Você trouxe a música no seu Espírito, ao nascer, e agora está tendo a oportunidade de expandir o que ficou reprimido durante anos por causa de seu pai.

— Estou recuperando bem meu tempo! De alguma forma sou grato a papai. Se ele não tivesse me expulsado de casa, eu não seria quem sou hoje. Roma tem mais possibilidades a me oferecer.

— Mas se ele tivesse aceitado e lhe comprado um piano, você teria estado conosco mais tempo e se aperfeiçoado também.

— Já passou, não convém ficarmos nos lembrando disso.

Enquanto ainda conversavam, que Luzia queria aproveitar todos os momentos para estar com o filho, irmã Ambrósia chegou para levá-la.

Antonino agradeceu-lhe por ter trazido sua mãe, conversaram mais um pouco e ambas despediram-se e partiram.

Ele retornou ao corpo, feliz da noite que tivera, completando a alegria do concerto.

Despertou trazendo agradáveis sensações, lembranças intensas da mãe, sem se recordar com precisão do que havia acontecido.

Ficou ainda deitado sentindo aquelas amoráveis sensações, ao mesmo tempo que revivia a sua apresentação da noite anterior.

O dia acabou de colocar suas claridades e ele levantou-se para iniciar seu novo dia. À noite teria a segunda apresentação daquela temporada.

11 GRANDES PROGNÓSTICOS

O SUCESSO DOS DOIS concertos foi grande, e a importância que receberia seria compensadora.

Desta vez Antonino tinha já uma ideia do quanto poderia receber e ofereceria novamente uma parte ao tio, insistindo. Mas, quando isso aconteceu, o tio não deixou que ele continuasse o assunto e ainda brincou com o sobrinho:

— Você já imaginou quanto lhe deveríamos pagar por termos a alegria da sua presença em nossa casa, ainda mais agora, um concertista que, a cada apresentação, se torna mais famoso?

— Não brinque, titio?

— Então façamos um acordo: nem você nos paga nada nem nós lhe pagamos nada, e não se fala mais nisso!

— Se assim o senhor o quer, só me resta agradecer!

Quando Antonino entrou no quarto para visitar a tia, ela alegrou-se dizendo-lhe:

— Esta noite sonhei com sua mãe! Eu a vi muito bem, mas não me lembro do que conversamos.

— Interessante que também sonhei com ela! Acho que mamãe esteve aqui, assim como senti a presença dela ontem, quando deixava o palco.

— Isso é verdade?

— Sim, titia! Ela deve ter vindo para o meu concerto, depois veio a esta casa falar conosco.

— E onde ela estava que isso lhe foi possível?

— Não sei, titia, não sei! Sempre imaginei que mamãe estivesse no céu, pela bondade e amor que sempre dispensou a todos nós, mas agora não sei mais. Se ela estivesse no céu, de lá não sairia. Que outro lugar pode abrigar aqueles que foram bons, que sempre fizeram o bem, que não seja o céu?

— Nada sei disso!

ENQUANTO ASSIM ELES comentavam, fazendo conjecturas sobre um assunto que desconheciam completamente, Luzia e irmã Ambrósia chegavam ao local de onde haviam partido.

Quando a bondosa irmã se despedia de Luzia, perguntou-lhe:

— Está feliz, irmã?

— Mais feliz não poderia estar! Estive com meu filho, vi-o tocar, senti o sucesso que fez e estive com minha irmã! Que mais posso desejar?

— Quem compreende bem seus deveres e obrigações e os faz com amor, é merecedor de algumas benesses para seu Espírito.

— Devo à senhora muito mais que a mim mesma. Não fosse a senhora, jamais teria realizado esse sonho de estar com meu filho. Por isso, sou-lhe eternamente grata, e a senhora pode contar sempre comigo para o que precisar.

— Pois agora pode retomar suas atividades, mais feliz por tudo o que recebeu, agradecendo ao Pai, dedicando-se ainda mais, se possível, para ser merecedora de outras dádivas que Ele lhe possa conceder.

— Eu o farei, irmã! Ainda quero, no momento oportuno, conversar com a senhora para ter algumas informações, cuja curiosidade me foi despertada agora, com essa visita ao meu filho.

— Nada se obtém através da curiosidade apenas, se a sua satisfação não for benéfica àquele que a abriga e tenha, também, um fim útil. Curiosidade pela curiosidade em si, nunca é satisfeita por ninguém aqui.

— A senhora entendeu-me e o que desejo saber é importante para mim como mãe que fui de Antonino, porque, ao recebê-lo como filho, hoje eu sei, um Espírito me estava sendo confiado pelo Pai, para que eu dele cuidasse e o orientasse sempre para o bem.

— Está bem, irmã! Voltemos agora ao nosso trabalho e oportunamente conversaremos. Se for benéfico e se eu tiver permissão, lhe direi o que deseja saber.

Cada uma seguiu para as suas atividades, mas Luzia levava muitas indagações. Desejava ter aberto ao seu Espírito todo o conhecimento em relação a ela e àquele seu filho e, sobretudo, saber quem era aquele Espírito que chegara ao seu regaço materno para ser embalado, mas muito mais para ser orientado e encaminhado.

Antonino continuava suas atividades na Terra e ia juntando, pela bondade do tio, uma importância em dinheiro que logo lhe permitiria dedicar-se tão somente à música para aperfeiçoar-se cada vez mais.

Logo nos dias subsequentes ao último concerto que dera, ele recebeu um senhor que falava uma língua estranha que ele soube ser alemão, acompanhado de um intérprete que lhe explicou a razão daquela visita.

O senhor estrangeiro era um amante da boa música e, como estava na cidade quando o jovem se apresentou no seu concerto, tivera a oportunidade de estar presente e ficara muito impressionado.

Como retornaria ao seu país, queria saber da possibilidade de levá-lo para um concerto, a fim de que todos o ouvissem também, e garantia, seria um grande sucesso.

O tio encontrava-se em casa e esteve junto do sobrinho durante a visita.

Quando foi exposto o que desejavam, ele logo se antecipou ao jovem pianista, dizendo-lhes que ele possuía um agente e era com ele que deveria tratar. Antonino preocupava-se com a música e queria ficar livre para ela, somente.

O sobrinho agradeceu ao tio tal interferência e acabou por dar outras explicações que eles compreenderam. Era ainda novato na arte de exibir-se em público e isso devia ao seu agente. Que combinassem com ele. Por si mesmo aceitaria de bom grado, desde que preenchesse as exigências e determinações que ele fizesse.

Eles levaram o endereço do escritório dele, o mesmo cartão que o jovem recebera na noite do primeiro festival, e ficou aguardando uma resposta.

Por Antonino iria em seguida. Era uma oportunidade impar de divulgar seu nome em outro país, e um começo, porque daí, depois, pretendia partir para outros, desde que tivessem interesse, e esse interesse seria despertado justamente por ele mesmo, pelo que apresentasse.

— Se esse concerto der certo, após, posso abandonar de vez o meu trabalho com Dr. Álvaro – comentou ele com o tio.

— A saída do país para uma apresentação dessas precisa ser muito bem estruturada, a fim de que nada saia contrário ao que se espera, e a sua apresentação não seja um fracasso. Não pela sua arte em si que nessa eu confio, mas por toda a organização.

— Sei disso, titio, e o meu agente deve ter prática. Conversarei com ele para saber se foi realmente procurado e o que decidiram.

— Ele não tomará nenhuma decisão sem falar com você! Os agentes têm que ser cuidadosos para não serem ludibriados, ainda mais num país estrangeiro.

— De que forma seríamos ludibriados?

— De muitas formas, que poderá chegar até a nada receber pela sua apresentação, e ainda estar num país desconhecido sendo alvo de um golpe de algum esperto.

— O senhor sempre pensa em tudo!

— Já vivi bastante e conheço o que se faz por aí!

— O senhor já soube de algum golpe como está me falando? Algum artista nada recebeu pela sua apresentação porque o agente ou alguém mais fugiu com o dinheiro?

— Não uma vez apenas! É preciso muito cuidado! Por isso interferi pedindo que eles fossem falar com o seu agente. Parece que nele podemos confiar e, se ele aceitar, precisa ficar atento para que nada aconteça e vocês não fiquem num país estrangeiro sem dinheiro e até com contas para pagar.

— Lamento que o senhor não possa nos acompanhar se tudo der certo.

— Sabe que não posso deixar sua tia e sua prima sozinhas. Depois, se der certo, outros convites virão, você viajará muito e eu não poderia acompanhá-lo sempre.

— Oxalá Deus o ouça e permita que eu trabalhe bastante, levando a minha música a muitos países.

— Você o merece! É uma boa pessoa e um excelente pianista. E o futuro lhe reserva muitas glórias, basta que esteja sempre muito bem assessorado.

A partir daí, Antonino começou a aguardar um chamado do seu agente para ver o que ele decidira.

Não seria fácil porque viajar para outro país para uma apresentação seria trabalhoso, dispendioso, e talvez o interessado não concordasse.

Os acertos deveriam ser muito bem planificados e determinados, e um contrato com todos os itens deveria ser assinado, como compromisso e responsabilidade de ambas as partes.

Três dias esperou sem que ninguém o chamasse.

Ansioso, decidiu ele mesmo procurar o agente para saber se o senhor alemão o havia procurado ou se fora um entusiasmo passageiro e já desvanecido.

Ao chegar ao escritório, teve a surpresa de encontrá-los a todos reunidos: o agente, o senhor estrangeiro e o intérprete.

Imaginou ter chegado numa hora inoportuna, mas o agente logo o chamou para participar da reunião. Explicou--lhe que já havia sido procurado, mas não se comunicara com ele esperando determinarem as bases do contrato para depois lhe dar conhecimento, uma vez que fora informado de que o que resolvesse estaria bem.

Antonino participou com todos, ouviu as determinações do agente, todas muito bem alicerçadas para que nenhuma fraude houvesse, e exigia que pelo menos mais duas apresentações deveriam ser acertadas porque ninguém sai do seu país para um concerto apenas. Se assim fosse, ficaria mais barato ao que estava promovendo o evento e com lucros maiores para todos. Só assim a saída do país seria recompensada.

Fazia parte do contrato também outras exigências como as de boa acomodação conforme um artista da classe de Antonino merecia, e outros detalhes mais, importantes para ele.

Através do intérprete, o interessado disse que não poderia assumir sozinho tamanha responsabilidade, mas não queria abrir mão de levar o pianista para sua terra.

Em vista disso, pedia uma cópia das bases do contrato, ainda sem assinatura, para levar consigo, pois já estava de partida para a Alemanha. Lá procuraria outras pessoas ou poderes públicos que quisessem auxiliá-lo, e se comunicaria o mais breve possível com ele para que o contrato fosse firmado.

O agente, homem esperto e habituado a negociar com pessoas de índoles diferentes, propôs-lhe que deixasse uma cópia assinada juntamente com todos os interessados, mas que se fizesse uma ressalva que ficava na pendência do que ele resolvesse.

Caso desse certo, quando chegassem à Alemanha, aquela ressalva com mais alguma informação deveria ter nova assinatura, e só viajariam com todas as despesas pagas.

Nem Antonino que fizera o curso de Direito e trabalhara algum tempo com o irmão e agora com o Dr. Álvaro, vira tanta habilidade ao negociar.

Seu tio estava certo ao dizer que no agente poderiam confiar porque ele já dera mostras de ser um bom profissional.

O único senão para o jovem pianista é que nada ficava resolvido quanto a sua ida, nenhuma data marcada. Mas ele, mesmo assim, iria preparar um repertório para três apresentações diferentes porque não sabia onde elas se dariam. Se na mesma cidade, se em outras.

Muitos dias passavam e nada chegava. Nenhuma notícia, nem afirmativa nem negativa. Era um silêncio total.

Completando um mês da visita que recebera em sua casa, foi chamado pelo agente para que comparecesse ao seu escritório, sem nada adiantar do que tratariam.

Ele atendeu ao chamado sem demora, e o agente mostrou-lhe um envelope trazendo a resposta que tanto aguardavam. A sua fisionomia demonstrava que a resposta era a que esperavam.

Antonino leu a carta que dizia que tudo estava arranjado conforme as determinações do contrato, e que aguardassem os recursos para a viagem para daí a alguns dias, pois os concertos já haviam sido marcados. Dois na mesma cidade em dias seguidos e o terceiro numa outra.

A primeira apresentação estava marcada para daí a um

mês. Que se preparassem e estivessem na sua cidade com dois dias de antecedência, tempo necessário para o devido descanso da viagem, para conhecerem o teatro e para que o jovem concertista estudasse no piano de lá. O hotel já estaria reservado com boas acomodações.

A terceira apresentação seria cinco dias após a segunda, e depois os compromissos com o artista ficavam encerrados.

Se outros convites houvessem dessas apresentações, não seriam mais de sua responsabilidade.

Antonino não imaginava que todos os itens do contrato fossem atendidos e estava, além de muito alegre, boquiaberto.

— O que me diz? – indagou o agente ao perceber que ele terminara a leitura.

— Nunca imaginei que fosse dar certo!

— Não se esqueça de que ainda não deu!

— Como não?

— Só podemos dizer que tudo deu certo quando sua última apresentação terminar, fizermos os acertos financeiros e voltarmos para casa.

— Desta vez não dependeremos da venda dos ingressos!

— Não! Não podemos deixar o nosso país alicerçados na venda de ingressos. Precisamos ter certas garantias, e o valor de cada apresentação já foi estipulado, você sabe disso!

Para não perder tempo, Antonino começou a preparar-se mais intensamente. De tudo o que havia separado para compor o seu repertório, fez dois blocos. Apresentaria um em cada noite quando teria dois concertos seguidos e, na terceira apresentação, repetiria uma das duas.

Estudava muitas horas durante o dia e pediu a Dr. Álvaro que o dispensasse para ter também aquele horário para estudo. Pedia-lhe, porém, que se na Alemanha houvesse algum contratempo, que ele o aceitasse de volta. Mas, se tudo saísse como esperava, agradecia muito pela ajuda que lhe dera por todo o tempo que o tivera no seu escritório, mas que não retornaria mais. Faria o possível para viver somente da música. Era sozinho e não precisava de muito.

Dr. Álvaro, vendo que ele, talvez, não retornasse mais porque o sucesso era esperado, fazia-lhe um pedido:

— Concordo com tudo o que me pede, e como tenho como certo o seu sucesso, pode ser que não nos vejamos mais. Peço-lhe, pois, e insisto que vá à minha casa tocar para mim e para minha esposa. Ela sempre pergunta por você, desejando saber quando nos visitará.

— Não faltará ocasião! – respondeu-lhe o jovem, lembrando-se dos olhares que ela lhe lançava desde a primeira vez que se encontraram. – Agora é um período em que preciso concentrar-me apenas nas minhas próximas apresentações e nada deve desviar a minha atenção do repertório que estou preparando.

— Pois você o tocará para nós, como parte da sua preparação.

— Não desejo magoá-lo, Dr. Álvaro, justamente o senhor que tem sido tão bom para comigo e tão tolerante com o meu trabalho, mas agora é impossível. Prometo-lhe que ao voltar da Alemanha eu o visitarei e tocarei para o senhor e sua esposa o que desejarem ouvir.

— Se não pode ser de outra forma terei que me conformar, mas eu cobrarei essa sua promessa. Enquanto não o tiver em minha casa, não descansarei. Quero dar essa alegria à minha esposa.

— Eu cumprirei a minha palavra!

Dessa forma Antonino ficou com todo o tempo livre para preparar-se, e contava também com a ajuda do seu professor que ficou muito contente quando soube da sua apresentação na Alemanha.

Um dia, depois dos estudos que realizou, o professor falou-lhe:

— Antonino, a partir da sua apresentação na Alemanha, você será um homem do mundo. De lá irá para outros locais e talvez fique pouco aqui na nossa querida Roma, na nossa Itália.

— Onde quer que eu vá levando a minha música, nunca esquecerei do meu berço primeiro que é a minha querida Itália. Aqui nasci, aqui me criei, aqui estudei e aqui tenho todas as lembranças da minha querida mãe. Mas não acredito que a minha vida mudará tanto assim.

— É o seu destino! Você nasceu para a música!

— Também penso assim! Qualquer hora, quando o senhor estiver menos ocupado, quero falar-lhe de umas melodias que me vinham à mente e que passei para o piano. Não sei como vinham, mas considero-as composições minhas. Eram para mim, senão não me seriam passadas.

— Passadas por quem?

— Não sei, professor!

— É a sua própria mente que as ia criando como se alguém lhas estivesse passando! É como ocorre com os compositores. De onde tirariam sua inspiração senão da própria mente?

— Concordo com o senhor mas comigo era diferente. Eu ouvia a melodia na minha mente, fixava-a por repeti-la e depois passava para o piano, anotando as notas nas pautas.

— Quer dizer que as tem anotadas?

— Todas, e saíram exatamente como as ouvia.

— E agora, não compõe mais?

— Nada mais me vem à mente como antes!

— Quero ver essas partituras! Na próxima aula você mas trará, que eu mesmo quero tocá-las e dizer do valor que têm ou não!

— Eu as trarei!

— Agora vá para casa aperfeiçoar seus estudos!

Na aula seguinte, ele levou as partituras para o professor, entregou-as a ele e não tocaram mais no assunto durante a aula, para não perderem o precioso tempo de estudo.

Na verdade, o seu repertório estava completamente pronto. Se o concerto fosse naquele dia ele faria um grande sucesso.

Depois que o jovem se retirou, como o seu horário seguinte estava vago, o professor sentou-se ao piano e começou a tocar as músicas, começando pelas que se lhe afiguraram como as mais fáceis.

Cada uma que tocava ficava mais encantado. Eram composições como as dos grandes compositores, mas revelavam diferentes estilos. Algumas eram suaves, das que tocam o coração de quem as ouve, outras mais rápidas, mais vibrantes e que exigiam do pianista uma execução mais cuidadosa.

Ao passar por todas, concluiu que Antonino não

era apenas um excelente pianista, mas também um ótimo compositor.

Quando o jovem retornou para a aula seguinte, o professor fez comentários elogiosos às suas músicas, dizendo-lhe que ele deveria incluir pelo menos uma delas no seu repertório, para que fossem ficando conhecidas.

— Meu repertório está pronto, professor, mas numa próxima apresentação seguirei o seu conselho que me lisonjeia muito Se o senhor gostou e as aprovou é porque elas têm realmente algum valor.

— Muito valor! Quando você começar a executá-las, verá a repercussão que terão.

DEPOIS QUE LUZIA esteve com Antonino, nada mais precisaria ser oculto dela.

Se não pudesse voltar logo, pelo menos poderia acompanhar com o pensamento o que estava se passando com o filho.

Assim, irmã Ambrósia contou-lhe dos próximos concertos na Alemanha, levando-lhe momentos de grande alegria.

— Sabia que meu filho seria um vencedor na sua arte! Ah, como gostaria de estar com ele novamente!

— Estou lhe contando para que o acompanhe daqui com o seu pensamento, desejando-lhe o melhor, mas desta vez não lhe será permitido. O que tanto desejava já obteve da bondade divina.

— Tenho pensado muito naquele meu filho, irmã, e gostaria de saber tantas coisas a respeito dele!

— Pois a senhora já o sabe! Não foi ele criado em seus braços? Não o encaminhou para o que ele mais queria?

— A senhora sabe que não é sobre isso que estou falando. Aqui, irmã, aprendemos muito. Sabemos que ninguém é levado ao nosso lar, sobretudo como filho, aleatoriamente. Um plano é preparado para aquele que parte, com alguma finalidade, ou de resgates ou de auxílio, por isso as pessoas envolvidas nesse processo se reencontram. Umas auxiliam as outras. Outras as fazem sofrer e não as compreendem. Sabemos que as afinidades e as repulsas existem e o encontro delas tem um objetivo muito mais amplo do que podemos imaginar.

— Vejo que já aprendeu bastante!

— Na verdade não é um aprendizado porque já vivemos essa situação muitas vezes. É apenas um recordar do que já conhecíamos, interrompido pela nossa nova existência terrena. Pois então, irmã, por isso tudo é que eu gostaria de saber: – Por que Antonino foi levado aos meus braços de mãe? Por que tínhamos tantas afinidades e uma ligação profunda entre nós? Quem era aquele Espírito que me foi confiado para que eu o encaminhasse na sublime arte que levava tão arraigada em seu Espírito? Dentro do que falamos, no mesmo lar ele se deparou com sentimentos e atitudes diversas. Quem era meu marido que não o compreendeu, e por que nos juntamos os três? Não me refiro aos meus dois outros filhos, porque eles seguiram suas vidas sem grandes ambições e problemas que fugissem do que é habitual à maioria das pessoas, aceitando e retribuindo o que pudéssemos lhes oferecer, muito diferente de Antonino.

— Isto tudo que me pergunta envolve uma história muito grande e ainda não é o momento da senhora saber.

— Quer dizer, então, que há realmente uma história?

— Não foi a senhora mesma que acabou de dizer que sentiu que era um reencontro?

— Sim, eu assim entendo!

— Posso afiançar-lhe que não está errada! Um dia a senhora saberá, se for permitido que o saiba e se lhe for benéfico de alguma forma.

— Como devo proceder para que esse conhecimento chegue até mim?

— Nada além do que já faz! Quando chegar o momento certo a senhora saberá!

— Está bem, irmã, saberei esperar tentando não ficar ansiosa por isso.

— A senhora já sabe que nada aqui acontece antes da hora. Por isso, quando chegar a hora em que razões que fogem ao nosso entendimento agora, devem ser esclarecidas, a senhora saberá! Continue a realizar o seu trabalho com o mesmo amor que o vem realizando e fique tranquila. Quando menos esperar, quando tiver seu coração completamente apaziguado dessa expectativa, a senhora saberá!

— Está bem, irmã! Compreendo que nem devo mais tocar nesse assunto.

— Compreendeu-o bem! A senhora se angustia e eu nada posso fazer. Por isso é melhor que cuide das suas obrigações sem se preocupar com nada disso.

Luzia continuou suas atividades e, como cada vez se sentia mais bem disposta, mais animada, foi acrescentando mais algumas obrigações ao que já fazia, e foi se esforçando para esquecer o que tanto desejava saber: – Se for benéfico e útil, na hora certa eu saberei! – repetia a si mesma quando esse pensamento voltava-lhe à mente, e a sua ansiedade foi se apaziguando.

12 SUCESSOS

ENQUANTO ISSO, NA TERRA, mais se aproximava o dia
em que Antonino e o agente deveriam partir para a Alemanha. O necessário para a viagem lhes foi mandado, a
bagagem do jovem concertista estava pronta, as partituras
todas devidamente catalogadas, e o dia da partida chegou.

Para a sua apresentação levava a roupa que o agente lhe arrumara da primeira vez, mas já entendera que
deveria ter a sua própria, feita sob medida, especial-
mente para ele. Quando voltasse da Alemanha tomaria
essa providência.

Se queria ser um concertista deveria ter tudo o que era
necessário para isso. Não apenas em relação à sua música,
mas à sua aparência, que o público merecia tê-lo à sua frente bem trajado.

A viagem foi longa e cansativa, mas Antonino não pensava nesse detalhe. O agente, mesmo habituado a acom-

panhar algum artista sob sua responsabilidade, a outros locais, nunca fora tão longe e estava muito cansado.

Quando chegaram, encontraram tudo conforme o combinado, e o senhor alemão, presumindo a hora em que chegariam, estava no hotel esperando-os para que não se sentissem abandonados num país estrangeiro, mas bem cuidados.

Através de um intérprete que falava mal o italiano mas o suficiente para que entendessem o necessário, ficou combinado que viriam buscá-los na manhã imediata a fim de que conhecessem o teatro, e Antonino experimentasse o piano. Que descansassem bastante para que estivessem bem, porque, na noite do dia seguinte, já seria o concerto.

O jovem concertista estava encantado. Era alvo das deferências que se dispensam a um grande artista, e sentia-se preparado para fazer o melhor.

Seria importante que se apresentasse bem num país estrangeiro, para divulgar mais seu nome porque, se aquela era a vida que desejava, poderia ter novos convites, além da sua satisfação íntima.

O teatro era maior do que aqueles onde se apresentara na Itália, e o piano, perfeito, cujo som o estimulou mais ainda.

Foi informado de que os ingressos para a primeira noite estavam esgotados, tal a divulgação feita em torno de seu nome, restando apenas uma parte para a segunda apresentação. Quando o público presente soubesse que o próximo concerto teria uma programação diferente, muitos apaixonados pelo piano, ao saírem, já levariam o ingresso para retornarem na noite imediata.

Antonino começou a sentir que a responsabilidade era grande, mas, se estava preparado, sentir-se-ia à vontade diante do público e se sairia bem.

Ele repassou todo o seu repertório no piano do teatro. Algumas pessoas convidadas pelo empresário alemão e participantes também de toda a organização, ficaram extasiados. Ele era um verdadeiro virtuose e o público se encantaria.

O repertório escolhido incluía grandes mestres com suas peças mais trabalhadas e de maior sucesso.

Diante de toda a preparação, de todas as expectativas, a apresentação foi realizada com grande êxito.

Antonino teve que voltar ao piano, no final, diante dos aplausos e dos pedidos de bis, por mais duas vezes. Pelo público, ele ficaria ainda mais tempo tocando.

Para a noite seguinte, prognosticava-se um sucesso ainda maior. Cada pessoa que entrava recebia dois folhetos contendo a programação das duas noites, como um convite para que retornassem e foi o que aconteceu. Muitos, ao deixarem o teatro, depois do concerto, já levaram o ingresso para a noite seguinte.

Enfim, nas duas noites Antonino foi muito feliz e começava a conscientizar-se de que aquela era realmente a vida que desejava levar. Os aplausos do público faziam-lhe bem e estimulavam-no a que se aprimorasse cada vez mais.

Ao completar sua temporada na Alemanha, depois do concerto na outra cidade, os acertos financeiros foram feitos conforme o combinado e diretamente ao agente.

O jovem concertista não quis receber a importância que lhe competia, enquanto em viagem, pedindo ao agente que guardasse para lhe pagar somente na Itália. E assim foi feito, para preocupação do agente que se sentia com uma responsabilidade maior.

Alguns contatos foram feitos por outros interessados, para novos concertos, mas nada ficou acertado de imediato, combinando que o fariam através de correspondência ou do envio de algum empresário pessoalmente, para acertarem uma temporada.

A vida de Antonino modificava-se. Mesmo em Roma, depois da sua apresentação na Alemanha, ele seria mais considerado.

Obtivera, como resultado dos concertos, uma importância que daria para ele providenciar uma moradia sozinho, mas, com certeza, se dissesse isso ao tio, iria magoá-lo. Fora recebido como a um filho por todos da casa e era reconhecido por tudo o que lhe faziam.

Esperaria mais algum tempo mas iria, aos poucos, preparando-os para deixá-los, até para que ficassem livres da utilização que ele fazia do piano para os seus estudos, porém, segundo os tios, era o que dava vida à casa.

Sempre com o pensamento na mãe, ele agradecia o que ela havia feito por ele num momento de decisão, quando se responsabilizara pelos seus estudos, sem que nem ela, nem ele, nem ninguém, pudesse fazer qualquer prognóstico do rumo que a sua vida tomaria.

Depois que voltara da sua cidade pela morte da mãe, nunca mais se comunicara com os irmãos, mas sentia que era hora de escrever-lhes contando como estava a sua vida, os concertos que havia feito, porque, com certeza, eles dariam conhecimento ao pai e ele, talvez, se arrependesse do que fizera.

Escreveu a Fúlvio do qual tinha o endereço, e ainda não sabia que seu outro irmão havia se mudado com o pai. Colocara na carta um exemplar de cada programa do seu repertório em cada apresentação e, no final, dizia:

— Quem sabe eu ainda não volte à nossa cidade para um concerto?

Seria esse pensamento para afrontar o pai ou para mostrar o quanto havia progredido?

Seria uma demonstração de orgulho, ele que sempre fora humilde?

Ele mesmo não tinha resposta. Talvez fosse um pouco de tudo porque todos carregamos ainda muitas imperfeições no nosso Espírito e fazemos questão de mostrar quando progredimos, quando alcançamos sucesso, mesmo que o façamos inconscientemente. Era o que acontecia com Antonino.

Colocou a carta no correio com um sorriso nos lábios, dizendo de si para consigo:

— Papai vai saber quem é e como está o filho que renegou, que disse o envergonhava.

A carta de Antonino chegou ao seu destino levando a todos a surpresa das suas notícias.

Ao completar a leitura, Fúlvio, feliz, assim se expressou:

— Antonino é um vencedor! Deu a todos nós o exemplo da força de vontade, da determinação diante do que se deseja, e de que se deve lutar para consegui-lo. Parabéns, mano, pelo sucesso que vem conseguindo, você o merece!

Dobrou novamente a carta, colocou-a no envelope com todos os folhetos que a acompanhava, e dirigiu-se à casa do pai, assim pensando:

— Ele precisa saber do que se passa com Antonino! Papai nada fala, é orgulhoso e precisa manter a palavra! Se sente falta de mamãe, deve sentir dele também. Se o tivesse ainda consigo, em casa, poderiam conversar sobre ela, dando alegria a ambos e, com certeza, Antonino teria muito para falar sobre ela, coisas que papai, apesar de ter vivido em sua companhia tantos anos, nunca percebera. Não tinha sensibilidade para perceber sentimentos mais nobres, gestos mais delicados e atitudes mais elevadas. Sempre envolto pelos negócios e pelo próprio orgulho, tinha a cabeça erguida e nada enxergava de mais sublime ao seu redor. Quando se deparou com um filho com uma sensibilidade mais apurada porque trazia a arte no Espírito, entrou em conflito com ele, acabando por expulsá-lo de casa.

Ao chegar, encontrou o pai acamado, alegando cansaço pelas horas do dia, mas afirmando que nada sentia além de uma indisposição passageira.

Depois de alguma conversa, retirou do bolso a carta do irmão, mostrando-a ao pai, perguntando:

— Sabe o que é isto, papai?

— Que pergunta tola! Pois não vejo que é uma carta!

— Que é uma carta é óbvio, papai, mas o importante é de onde e de quem ela provém.

— Pois de quem é, diga!

— Não faz nenhuma ideia?

— Não posso nem imaginar! Não conheço ninguém que more fora, por isso, seja de quem for, não me interessa.

— Muito bem, pela sua resposta já demonstrou que sabe muito bem de quem é, e lhe digo: Ela é a expressão de um vencedor, de quem vem fazendo sucesso no mundo da música e já foi convidado para dar alguns concertos até na Alemanha.

— Não sei de quem fala!

— Está bem, papai! Mesmo não sabendo seria interessante que a lesse. Vou deixá-la sobre a sua mesinha de cabeceira, e amanhã, quando estiver mais disposto, o senhor a lerá.

O pai não respondeu, ele colocou a carta onde dissera e, ao retirar-se, perguntou se o pai precisava de alguma coisa.

Dizendo que não, que se precisasse o seu irmão providenciaria, despediu o filho pedindo que fechasse a porta do quarto antes de sair.

Assim que se viu só, sentou-se na cama e tomou a carta lendo-a com muita atenção e certa alegria. Seu filho estava divulgando o nome da família e, ao contrário do que ele imaginava, estava elevando-o e não o envergonhando.

Era realmente um vencedor e lutara sozinho para conseguir o que tanto desejava, demonstrando também que era forte, determinado. Só os fortes vencem!

Leu cada programa atentamente, verificando que três deles estavam escritos em alemão, mas o nome do filho destacava-se com todas as letras num bom italiano.

Guardou tudo no envelope outra vez e colocou na gaveta da mesinha, indagando de si para consigo:

— Teria ele coragem de voltar aqui, um dia, para um concerto? O que ele estará pretendendo com isso? Mostrar-me que é um vencedor, que o seu nome será comentado na cidade toda?

Com tantos pensamentos em consequência das notícias do filho, demorou a conciliar o sono. Quanto mais pensava, parecia que empurrava o sono mais para a frente, vindo a adormecer bem tarde.

Naquele lugar tranquilo de paz e de muito trabalho, Luzia continuava suas atividades, tomou conhecimento do sucesso do filho e estava feliz.

Ainda queria retornar um dia para um novo encontro, e não esquecera do que tanto desejava. Pensava muito nisso, em todas as suas interrogações, apenas aprendera a não externá-las mais, pois compreendera que de nada adiantaria. Se merecesse ter essa dádiva de Deus ela a teria, quando chegasse o momento certo e se de alguma forma fosse benéfico.

Notícias e conhecimentos que só podem aumentar a inquietação de alguém, tanto na Terra como no Mundo Espiritual, se não forem úteis nem necessárias, devem ser evitadas ou postergadas para quando as pessoas tiverem condições de suportar sem se abater nem abalar sua vida de um modo geral.

Irmã Ambrósia ainda a auxiliava e a esclarecia em diversos pontos e, às vezes, longas conversas entre as duas era motivo para que a bondosa orientadora lhe transmitisse conhecimentos e esclarecimentos para que ela fosse fortalecendo seu Espírito cada vez mais. Era uma forma de prepará-la para que, ao chegar a hora de ter o conhecimento do seu passado de algumas existências, com alguns dos que com ela conviveram, ela estivesse preparada para compreendê-lo e tirasse dele as lições para o seu futuro.

Assim, numa nova existência terrena, ela já traria o conhecimento de experiências vividas, para mais efetivamente auxiliar, sem cometer os mesmos erros, como acontece com muitos em caminhada evolutiva.

A vida dos envolvidos nesta narrativa foi continuando, tanto a dos que ainda permaneciam na Terra quanto a de Luzia no Mundo Espiritual, dentro das suas atividades, cada um esforçando-se e aprendendo, porque a vida é a melhor escola de que cada um dispõe para o seu aprimoramento espiritual.

Mesmo aqueles que a desperdiçam, que deixam o tempo passar sem nada fazer ou que o aproveitam para ações menos nobres, também estão aprendendo. Quando tiverem o Espírito despertado para suas responsabilidades e deveres, e se conscientizarem de que a meta de todos é o progresso, e este só se consegue com ações no bem, aquele período lhes servirá de reflexão pelo que perderam. Assim, mais se aplicarão para recuperarem as oportunidades perdidas.

Tudo, neste mundo, serve, de alguma forma, para análises e reflexões, e mesmo aqueles que já superaram muitas das suas imperfeições, espelham-se naqueles que permanecem no erro, como atitudes que devem ser evitadas, e ainda podem ajudá-los a que despertem também para o bem.

Na casa do pai de Antonino, depois da mudança do filho com ele, a vida se lhe tornou mais fácil, de menos solidão. Mas, com o passar do tempo o organismo físico se debilita, as enfermidades vão surgindo e, com elas, as dificuldades vão se tornando maiores até o dia em que a liberdade do Espírito chega. E assim acontecia com ele também.

Cada vez mais o nome de Fúlvio ia sendo conhecido

como um bom advogado e sua vida no lar era tranquila, junto da esposa que o amava e que lhe dava a segurança de um porto seguro.

Em Roma, Vitória, já envolvida com seus problemas de saúde, tinha mais dificuldades, e aquele período em que desfrutara da cadeira de rodas para deixar o leito, já terminara. Nem mais para isso tinha condições. Enfermidades de outra natureza iam penalizando o seu físico e ela ficava acamada o tempo todo.

Cláudia não conseguia mais, mesmo com a criada, cuidar dela, e contrataram mais uma só para auxiliá-la nas suas dificuldades, apesar de que a filha estava sempre presente.

O marido, dedicado e atencioso com a esposa, proporcionava-lhe tudo o que lhe pudesse trazer alguns momentos de alegria e esperança, suavizando o sofrimento que ela experimentava. Era uma companhia sempre presente, e afastava-se quando precisava sair à rua para providências e necessidades que sempre envolvem um lar, uma família. Ao contrário da esposa, era vigoroso, forte, e parecia que para ele o tempo não passava.

Antonino, segundo o que desejava, continuava a trabalhar bastante. Tinha muitos convites para apresentar-se em outros locais, mas ainda não voltara à sua cidade natal para um concerto.

Como os problemas de saúde da tia pioravam, ele, enquanto em Roma, via-se constrangido para estudar, e acabou fazendo o que já pensava há algum tempo.

O tio compreendeu-o e sabia que se insistisse para que ficasse, não seria bom para ele que precisava estudar sempre e muito, quando não estava em viagens, como deve acontecer com todos os que amam o seu trabalho, a sua arte, e vivem para ela somente.

Pensando na sua vida, na paz de que precisava para estudar e, para não incomodar ninguém, alugou uma casa pequena só para ele.

Encontrara-a não muito distante da casa dos tios, o que lhe permitia visitá-los com frequência, para não demonstrar ingratidão.

Quanto ao piano teria que adquirir um, mas o tio, depois de conversar com a filha, pois o instrumento lhe pertencia, disse-lhe que fazia questão que o levasse consigo. Não que ele não pudesse comprar um, mas gostaria que continuasse com aquele que lhe trouxera sorte. Era óbvio que se ele não tivesse talento, nenhum piano poderia ajudá-lo, mas assim se referiu como forma de fazê-lo aceitar.

Antonino concordou em levá-lo, mas que o piano continuaria a pertencer, por direito, à prima e, se um dia ela voltasse a estudar, ele lhe seria devolvido.

A sua vida mudara completamente.

Às vezes fazia as refeições na casa da tia, às vezes ele próprio providenciava algo para comer, mas frequentemente utilizava-se de algum restaurante.

Quando tinha trabalho recebia uma importância que dava para viver até que outro surgisse e, como estava sendo bastante solicitado, sua vida, em relação a dinheiro, estava confortável. Sempre fora ambicioso e queria sempre mais e mais em relação à sua arte, porém, quanto a dinheiro, se tivesse o suficiente para sobreviver, para ele estava bem.

Seu nome já era conhecido em muitas cidades da Itália,

já retornara à Alemanha outras vezes e, diante de todos os convites que recebia, seu agente passou a trabalhar somente para ele, numa espécie não só de agente mas de secretário particular e o ajudava em tudo.

Como era honesto e nunca lhe dera a menor preocupação, Antonino sentia-se confortável tendo-o consigo, porque assim seu tempo era dedicado totalmente à sua arte que amava acima de tudo na vida.

NO MUNDO ESPIRITUAL, da mesma forma, Luzia continuava suas atividades, dividindo seu tempo entre o estudo e o trabalho, a fim de ter também seu Espírito burilado. E assim, pela sua dedicação e boa vontade, já tinha sob sua responsabilidade um setor onde a necessidade era grande.

Dócil no tratar e incansável no atender, os que estavam sob sua responsabilidade abençoavam-na diariamente por tudo o que ela lhes proporcionava, levando-lhes esperança e conforto, quando não podia mitigar a dor que traziam de existências terrenas, nem sempre vividas dentro dos preceitos de Jesus.

Irmã Ambrósia ainda era a sua bondosa conselheira, transmitia-lhe aconselhamentos e orientações, e percebeu que nunca mais ela lhe falou do seu desejo de conhecer o seu passado com todas as ligações que tinha com aquele Espírito que recebera no seu lar como filho, pela grande afinidade e amor que existia entre ambos.

A bondosa irmã sabia que aquele seu desejo não fora esquecido, mas ela aguardava o momento certo de se fazer merecedora de tê-lo concretizado.

No íntimo, irmã Ambrósia sabia que não estava longe esse dia, mas também nada lhe disse para que nada perturbasse o bom andamento das suas atividades.

Uma manhã, porém, depois de ter uma entrevista com o Mentor e ter intercedido por ela, a bondosa orientadora procurou-a dizendo que ela se preparasse porque, em três dias, seria chamada para conhecer o seu passado. Porém, apenas o que lhe fosse benéfico, sem, contudo, satisfazer curiosidades mas auxiliá-la a compreender melhor todos os meandros que o Espírito percorre nas suas diversas incursões num corpo físico.

— Daqui a três dias, irmã? – indagou ela para confirmar, demonstrando alegria.

— Sim, daqui a três dias, tempo suficiente para que se verifique arquivos e se selecione o que lhe for benéfico visualizar.

— Como visualizar?

— Para que tudo o que houve, tudo o que viveu, penetre no seu Espírito como experiências autênticas e não apenas como uma história que lhe contem e da qual terá a impressão de que falam de outra pessoa, a senhora verá com seus próprios olhos os acontecimentos, e terá as sensações que lhe provocaram, através de aparelhagem que temos para isso.

— Como devo me preparar para tão importante momento?

— A senhora sabe que a preparação mais eficaz de que dispomos para qualquer atividade que temos de realizar, tanto aqui quanto na Terra, é a prece. Através dela nos transportamos às alturas e recebemos do Pai a força, a coragem, o conforto e as consolações de que necessitamos. Por isso, utilize-se da prece do mais profundo do seu ser, pedindo a Deus que a auxilie a compreender o que verá, que a senhora estará preparada.

— Assim procederei, irmã!

— E digo-lhe mais: se conjugarmos a prece com a meditação e a reflexão, mais eficaz será.

— Esforçar-me-ei para fazer o melhor e ser merecedora do que me concedeu. O que mais devo fazer? Aonde devo ir?

— Por enquanto apenas prepare-se que, na hora certa, virei buscá-la para levá-la ao lugar onde essa atividade será realizada.

— A senhora ficará comigo?

— De início, sim, mas não poderei permanecer o tempo todo devido às minhas atividades.

— Eu agradeço, irmã, todo empenho que realizou para que eu tivesse o que tanto desejo.

— Tudo acontece como deve acontecer, a senhora já tem esse conhecimento. Se o momento não fosse adequado, o meu empenho apenas de nada adiantaria.

— De qualquer forma, devo isso à senhora!

Irmã Ambrósia deixou-a, recomendando mais uma vez que ela se utilizasse da prece.

Luzia, a partir daquele momento, não conseguia pensar em outra coisa. Distraía-se no desempenho do seu trabalho, num ambiente de tanta necessidade, mas depois voltava a ele fazendo muitas conjecturas sobre o que seria, o que teria acontecido.

Depois ela mesma reconheceu que aquela atitude não

a estava auxiliando em nada, ao contrário, estava impedindo que ela se preparasse adequadamente, e procurou modificar-se.

Não deveria preocupar-se com nada porque o que precisaria lhe ser mostrado o seria, e ela teria que aguardar.

Assim, toda a hora que tinha disponível recolhia-se em prece, agradecia ao Pai a concessão que lhe fizera, e até durante o auxílio dos que a esperavam para terem um pouco de conforto, a prece, o pensamento ligado ao Pai era uma constante.

13 REVELAÇÕES

NUNCA, PARA ELA, três dias custaram tanto a passar. Na noite que antecedeu o dia em que irmã Ambrósia viria buscá-la, não dormiu um só momento. Permaneceu em prece pedindo a Deus que ela compreendesse o que veria e que de tudo pudesse retirar as melhores lições, a fim de ter para si mesma mais experiências vividas, necessárias para que, do seu exemplo, pudesse auxiliar mais no seu setor de trabalho.

Afinal, quando o dia colocou no céu as primeiras claridades, ela ficou alerta. Irmã Ambrósia nada dissera sobre o horário que viria buscá-la.

Enquanto esperava, para não haver perda de tempo, encaminhava-se para o desempenho das suas atividades, quando irmã Ambrósia encontrou-a, dizendo:

— Ia buscá-la!

— Não sabendo do horário, ia para o meu trabalho!

— Pois vamos daqui mesmo que a levarei ao lugar onde irá satisfazer o seu desejo.

As duas seguiram por um corredor, atingiram um novo edifício onde Luzia nunca estivera, e novamente através de um corredor chegaram à sala onde a atividade se desenvolveria.

Ao entrar, Luzia estranhou o ambiente. Dois jovens esperavam-nas ao lado de uma aparelhagem que ela nunca havia visto.

— O que seria aquilo? Seria por lá que visualizaria o seu passado?

Os dois jovens receberam-nas com um sorriso e irmã Ambrósia apresentou Luzia, dizendo:

— Esta é a nossa irmã com quem vocês estarão trabalhando hoje e até quando for necessário. Cuidem bem dela!

— Sempre fazemos o melhor para aqueles que estão sob nossa responsabilidade!

— Sabemos disso, mas falei para que nossa irmã se sinta mais confiante. O desconhecido, mesmo nos pertencendo, ou até por isso, nos assusta um pouco.

Até então, apesar dos pensamentos indagadores, Luzia se mantivera em silêncio.

Um deles, estendendo-lhe a mão, exclamou:

— Seja bem-vinda entre nós! Fique tranquila que aqui estamos para acompanhá-la e assisti-la.

O outro jovem, completando, disse-lhe:

— Seja o que for que verá, nada deverá preocupá-la, porque é passado, já aconteceu. Devemos nos preocupar com o futuro e, do passado, tirarmos as melhores lições.

— Está bem, estou me esforçando para estar tranquila,

não pelo receio do que verei, mas pela emoção do que me será revelado.

Eles indicaram uma cadeira onde ela se assentou, e irmã Ambrósia manteve-se em pé, dizendo que não dispunha de muito tempo. Assim, quando se retirasse, o faria sem que ninguém percebesse para não perturbar.

Antes de começarem, ela ainda acrescentou, dirigindo-se à Luzia:

— Ao terminar, se sentir que precisa de uma palavra amiga, procure-me que estarei à sua disposição.

Luzia agradeceu, dizendo que se precisasse o faria.

Um dos jovens, indagando se já podiam começar, e tendo o assentimento de irmã Ambrósia, pediu-lhe que fizesse uma prece para que tudo transcorresse em paz e, sob a proteção do Pai, dentro da normalidade.

Ela proferiu uma prece com palavras que encorajavam Luzia e, ao terminar, o jovem encarregado do aparelho através do qual ela visualizaria o seu passado, disse-lhe:

— Esteja atenta que vamos começar! Olhe para aquela tela e, qualquer dúvida, fale que pararemos as imagens para esclarecê-la.

Luzia, ansiosa, olhou para irmã Ambrósia que havia permanecido mais atrás, depois voltou seu olhar para a tela e começou a vislumbrar o que ia surgindo.

O lugar que lhe mostravam era uma região completamente desconhecida dela, representando uma época que deveria estar bastante distante no tempo.

Até as casas eram diferentes.

Antes de continuar, o jovem que não comandava o aparelho, perguntou a Luzia:

— A senhora conhece esse lugar?

— Nunca o vi e acho-o estranho

— Ele nada tem de estranho! Apenas o é para nós que vivemos a nossa última existência terrena no ocidente. Trata-se de uma região que fica no oriente, cujos costumes são diferentes dos nossos. Veja as casas! Quando aparecerem as pessoas, a senhora constatará o que digo.

Completando esta explicação, pediu ao seu companheiro que prosseguisse.

A imagem que estava parada parece que ganhou vida e algumas pessoas deixavam as casas e iam para a rua, em trajes estranhos e com a cabeça coberta, mas percebia-se que eram, na sua maioria, homens.

Luzia, observando, fazia pensamentos e indagava-se:

— Se vou ver o meu passado, o que tenho com esse lugar, com essas pessoas?

Numa nova interrupção, o jovem perguntou-lhe:

— Está bem, irmã?

E ela, aproveitando-se da oportunidade, expressou em palavras o que estava apenas no seu pensamento.

Aí irmã Ambrósia, que ainda permanecia no local, tomou a si explicar-lhe e falou:

— A senhora sabe que vivemos muitas vidas, por isso está aqui para conhecer o seu passado. O Espírito é imortal e tem muitas existências terrenas para que possa aprender e evoluir, pois a evolução é a meta de todos nós. A Terra é muito grande. Não nascemos sempre no mesmo lugar, embora reencontramos, para partilhar da nossa existência, muitas pessoas com as quais já convivemos, seja em entes queridos, seja em desafetos.

— A senhora está querendo dizer que já vivi nesse lugar que me está sendo mostrado?

— Sim, irmã! Quando as imagens continuarem logo a senhora se reconhecerá em alguém que verá.

— E como me reconhecerei se tudo é diferente?

— Os Espíritos se reconhecem e a senhora saberá quem é quando aparecer. Podemos continuar!

Retirando a imagem das ruas e da frente das casas, foi vagarosamente entrando numa suntuosa residência, onde se viam muitos criados se movimentando de um lado a outro, no desempenho de suas obrigações.

Chegando a uma grande sala, ela viu uma longa mesa, em cujo redor estavam algumas pessoas aparentando ser uma família. Um senhor, uma senhora e quatro jovens que deveriam ser seus filhos.

Luzia olhou com cuidado aquelas pessoas e todas, para elas, eram estranhas.

Quem seria aquele homem, aquela mulher que aparentava ser sua esposa e os jovens, todos homens, e que deveriam ser filhos do casal?

De repente a mulher levantou-se e chegou junto de um dos jovens e disse-lhe, acariciando-o:

— Não se preocupe, papai ainda cederá aos seus intentos! Nem todos podem ser guerreiros, nem todos têm as características dos grandes lutadores, e se você se recusa partir para as guerras que se aproximam, ele acabará por compreender.

O jovem, comovido com as palavras da mãe, respondeu-lhe:

— Obrigado, mamãe! Só a senhora me compreende

nesta casa. Nem papai, nem meus irmãos compreendem o meu modo de ser. Eu não sou covarde, apenas não vou colocar-me num campo de batalha por aquilo que não reconheço de direito. A vida é muito importante para que me entregue ao fio de uma espada por nada.

O pai, ouvindo aquelas palavras, tanto do filho quanto da mãe, não desejando que ela continuasse, gritou:

— Parem com essa conversa de covardes! Por isso esse nosso filho é desse jeito, apegado à mãe porque tem tendências de mulher! Acovarda-se quando se trata de defender a nossa terra, os nossos bens, a nossa nação.

O filho, para não levar adiante aquela conversa, que seria inútil, nada respondeu.

Um dos irmãos, chamando a atenção do pai, falou-lhe:

— O senhor vê como a mamãe o trata? Para ela, ele é o filho preferido. Estão sempre um à volta do outro.

— Não diga isso! – exclamou a mãe, com ternura. – Sabe que amo todos os meus filhos igualmente, mas José é mais terno, mais sensível e precisa mais de mim. Vocês são independentes, vivem satisfazendo os gostos de seu pai porque são, também, como ele. Mas José é diferente! Ele é ainda muito novo e tem muito para aprender.

— Se ficar sempre à sua volta aprenderá a ser mulher como você.

José, envergonhado, abaixou a cabeça e nada mais disse.

Os irmãos, ao ouvirem essa consideração do pai, riram à solta, deixando-o mais envergonhado.

A mãe, para que aquela situação se encerrasse de vez, disse com energia:

— Vejam o que fizeram! Parem com isso!

— Mamãe também se ofende por ele. – disse um deles. – Nunca a vi nos defender.

— Vocês se defendem a si próprios, muito mais do que deviam e nunca concordam comigo.

Nesse momento, o jovem que dirigia as imagens, fixou-as na tela e Luzia ficou parada, pensando, sem nada dizer. Nem havia percebido que as imagens estavam paradas.

O outro, desejando trazê-la à realidade presente, indagou-lhe, colocando a mão no seu ombro.

— Está sentindo alguma coisa, irmã?

Luzia voltou das suas reflexões, falando:

— Não me reconheci em pessoa, naquelas imagens, mas tudo transcorreu como transcorria em minha casa ultimamente, entre mim, meu marido e meu filho Antonino. Éramos nós? E os outros jovens, quem eram?

— Se a senhora se lembrou do que acontecia em sua recente casa, na Terra, e se as pessoas são as mesmas, podemos concluir que nada mudou.

— É o que sinto! Diga-me, éramos nós como desconfio?

— Sim! Os Espíritos reencarnam muitas vezes, voltam ao Mundo Espiritual, analisam suas ações da Terra, estudam, preparam-se e imaginam que estão modificados. Mas, em lá chegando, procedem da mesma forma. Muitas vezes pedem para conviverem com aqueles com os quais já viveram um dia, para agirem de modo diferente, procurando compreendê-los e auxiliá-los nas suas dificuldades, mas, ao se reencontrarem no seio familiar, agem da mesma forma, demonstrando as mesmas falhas.

— Foi o que aconteceu ao meu marido?

— Sim, irmã!

— Isto quer dizer que em algum momento de sua vida de Espírito imortal, ele reconheceu que não agiu bem com o filho! Já é um avanço.

— Sim, irmã! Mas, por ocasião do reencontro, aquela situação antiga retornou e tudo ficou igual ou até pior! Lembre-se de que seu marido expulsou seu filho de casa!

— O senhor sabe disso?

— Sabemos de tudo o que envolve a vida daqueles com os quais temos que trabalhar, ainda mais numa atividade como esta, que deve demonstrar as correlações entre as diversas existências terrenas.

— O senhor imagina que, pelo fato de ele ter expulsado nosso filho de casa, piorou ainda mais a sua situação?

— Tudo retornou ao que era antes e ele precisa recomeçar novamente a se preparar para aceitar esse filho conforme ele é.

— Isto significa que ainda deverão se encontrar?

— Certamente! O reencontro é sempre uma oportunidade e uma esperança de modificação. Mas, antes que isso aconteça muito tempo ainda deverá passar.

— Eu deverei fazer parte dessa nova experiência?

— Com certeza! Não sabemos quando nem como se dará, mas vocês três estão fortemente unidos. Seu marido para se modificar e para entender que as almas masculinas também têm sensibilidade, sem que para isso precisem ter características femininas, como ele julga. A senhora para ajudar seu filho a perdoar o pai e, quem sabe, ambos, modificá-lo efetivamente.

— Antonino era muito bom! Não acredito que guarde mágoas do pai, até porque sua vida mudou muito depois que saiu de casa, e acabou por conseguir o que tanto desejava.

— Sei, irmã, que seu filho é bom, mas falo não apenas pela última existência mas por tudo o que o vem envolvendo, partindo do pai, ao longo de algumas encarnações. É o perdão incondicional a fim de que em nenhuma das duas partes reste qualquer resquício de descontentamento.

— Isto, um dia, poderá acontecer, mas não dependerá de meu filho e sim de meu marido, que ainda não modificou seu modo de pensar nem de agir em relação aos homens, que considera seres superiores, os escolhidos de Deus. Mas têm que demonstrar toda a masculinidade que o sexo confere – que sejam duros, insensíveis e saibam conservar a superioridade que lhes foi conferida.

— A senhora sabe que Deus tem seus recursos e pode acontecer que ele ainda venha num corpo de mulher para poder entender que elas também são filhas d'Ele. Nenhum é superior nem inferior, mas ambos importantes dentro da missão que trazem para aqui desenvolver, todas nobres desde que realizadas com amor e compreensão.

— Um dia ele compreenderá tudo isso. O trabalho de hoje está completo ou ainda tenho mais para ver?

— Há muito ainda para a senhora ver. Apenas começamos, mas vamos interromper por hoje. Amanhã continuaremos. Nesse intervalo até amanhã a senhora poderá pensar bastante no que viu, no que conversamos, que a ajudará a compreender o que resta. Agora pode ir na paz que Deus concede a todos os Seus filhos.

— Obrigada, meus jovens irmãos, pela paciência, pela dedicação e pelas explicações que me deram.

— Este é o nosso trabalho e procuramos fazê-lo bem, por aqueles que aqui vêm e por nós mesmos.

— Compreendo! Um trabalho bem realizado traz muito mais satisfação àquele que o realiza do que ao que foi objeto dele.

— Vejo que compreendeu bem! Agora vá que seus assistidos também a esperam.

Ao levantar-se, verificou que irmã Ambrósia não estava mais, e assim, sozinha, seguiu para o desempenho da sua atividade, pensando muito:

— Aqueles que estão encarnados jamais podem imaginar tudo o que envolve uma existência terrena, tudo o que os Espíritos trazem para ressarcir, o esforço que devem fazer para se modificarem, porque, da sua modificação, vai depender resgates longínquos que vinham sendo empurrados pela renitência no mal dos orgulhosos, dos egoístas e dos portadores de outras imperfeições que ainda envolvem o ser humano.

Quanto ela teria para refletir, para meditar! Até o dia seguinte, muitas oportunidades teria para fazê-lo.

Naquele resto de dia ela cumpriu as suas tarefas e não mais encontrou irmã Ambrósia que também tinha suas obrigações.

Quando se deitou para o repouso pensou muito. As horas passaram e pouco ela havia dormido. Ao amanhecer, levantou-se ansiosa para dar continuidade ao que veria. A bondosa irmã que a acompanhara na véspera não viria buscá-la pois ela já aprendera como chegar ao lugar.

Assim, quando deu acordo de si já estava à porta esperando, muito antes do horário que lhe fora recomendado.

Quando eles chegaram, cedo também, que assim o faziam para deixar tudo pronto, admiraram-se de já encontrá-la. Convidaram-na para entrar, pedindo que ela aguardasse um pouco que logo recomeçariam. Apenas o tempo suficiente para ligarem a aparelhagem e colocarem as imagens no ponto em que haviam sido interrompidas na véspera.

Prontos para darem prosseguimento ao trabalho, chamaram-na para tomar o seu lugar do dia anterior e, antes de começarem, um deles dirigiu-se a Deus agradecendo a oportunidade de ali estarem para mais um dia de trabalho, e pediam o seu concurso para que tivessem a proteção de que necessitavam para o realizarem bem.

Assim que terminaram, o que tinha o comando do aparelho indagou:

— Então, irmã, está pronta?

— Pode começar!

As imagens retornaram não mais no ponto em que haviam sido interrompidas, mas mostravam uma despedida. Os jovens despediam-se do pai que se mostrava orgulhoso e da mãe que tinha o coração partido e os olhos cheios de lágrimas.

Entre os jovens, José também estava. O pai o obrigara a ir e não teve quem o convencesse do contrário. Abraçado à mãe ele chorava. Sabia que não tinha jeito para lutar nem coragem de matar nem agredir ninguém, mesmo que fosse o inimigo. Mas se ele não tinha inimigos, por que deveria enfrentar inimigos que não eram dele e que tinham o mesmo direito de viver como ele próprio o teria?

Assim pensando, ele sabia que jamais retornaria. Seria

um alvo fácil para qualquer um e não reagiria de forma alguma. Para ele, aquela despedida era definitiva.

O pai, vendo aquela cena que considerava de covardia, fê-lo soltar-se da mãe e ainda lhe falou:

— Seja homem pelo menos agora que parte para a guerra e saiba se defender como seus irmãos o farão! Os covardes não merecem viver e as circunstâncias se encarregam de eliminá-los.

Luzia estava chocada. Como um pai podia ser tão insensível a ponto de empurrar os filhos para morrerem, apenas pelo orgulho de demonstrar destemor?

O pobre José, tão frágil, tão assustado, parecia um pequeno pássaro que ensaia o primeiro voo para deixar o ninho, e o faz amedrontado.

O pai, desejando encerrar aquela situação o mais rápido possível, ainda vociferou:

— Acabem com isso e vão imediatamente! O contingente a que vão se juntar não espera.

Os três mais velhos obedeceram ao pai e rapidamente saíram à rua. José abraçou-se novamente à mãe e, sem vontade, deixou a casa para unir-se aos irmãos.

A mãe foi até à porta porque sabia, se os mais velhos voltassem, José não voltaria mais. Ele tombaria no campo de batalha, porque não se defenderia, se disso dependesse eliminar alguém.

— Ah, meu pobre Antonino! – exclamou Luzia, tão penetrada ficou naquelas cenas, como se recordasse quando ele deixou a casa expulso pelo pai.

Um dos jovens fixou a cena e indagou:

— Irmã Luzia, está sentindo em si, neste momento,

aquela situação como sendo a protagonista dela juntamente com seu filho? A senhora o chamou de Antonino!

Despertada dos seus devaneios e trazida à realidade presente desligada daquela que acabara de ver, ela ainda exclamou:

— José e Antonino são os mesmos! Muita coisa se repete, só que o meu Antonino, embora tenha sido colocado fora de casa pelo pai, o foi por um motivo muito mais agradável que uma guerra, e ele venceu na carreira que escolheu. Ele é um exímio pianista.

— Sabemos disso, irmã! As existências terrenas oferecem as oportunidades. Se naquele tempo seu filho foi obrigado a empunhar uma arma, agora ele trabalha com outro instrumento do qual retira, através das notas musicais, sons que enlevam e enternecem corações em vez de enrijecê-los.

— Meu filho, desde a época que estão me mostrando, já era sensível e, com o passar do tempo, essa sensibilidade foi aplicada à música?

— Exatamente!

— O que houve naquela época? Meu filho morreu?

— Na Terra, todos têm de morrer um dia, ou seja, retornar ao Mundo Espiritual, deixando lá aquele corpo que utilizou, e depois voltar para novas oportunidades.

— Então ele não voltou mais?

— Não, irmã! Nem precisamos mostrar-lhe cenas tão violentas. Tudo aconteceu como ele próprio previa. Sem experiência e tomado pelo medo, foi um alvo fácil para o inimigo.

— E os outros três?

— Dois retornaram mas um não conseguiu sair de uma situação difícil e também pereceu.

— Os que voltaram, certamente passaram a ser o orgulho do pai, mesmo tendo perdido dois de seus filhos.

— Os vencedores sempre retornam como heróis e assim são considerados.

— Irmã Luzia, penso que depois do que viu podemos suspender nosso trabalho por hoje.

— Ainda falta muito para que eu veja?

— Dessa existência, nada mais, mas há outras que a senhora gostará de ver.

— Antes de me retirar, gostaria de fazer uma pergunta.

— Pois que a faça!

— Sempre me indaguei por que eu e Antonino tínhamos tantas afinidades, por que gostávamos tanto um do outro e, pelo que vi, esse amor já existia desde há séculos! Por que irmão?

— Há almas que são mais ternas que as outras, há os que já progrediram mais que outros e, por isso, deixaram para trás, no tempo, sentimentos menores. É o que acontece com a senhora e com ele.

— Só por isso?

— Que me conste é só!

— Imagino que há algo mais e ainda desejo saber.

— Se houver e se for permitido, a senhora o saberá!

— Pois procure informar-se e, se puder, mostre-me.

— Só fazemos o que nos permitem, dentro do que possa auxiliar a compreensão e nunca trazer preocupações.

— Compreendo, mas se há alguém que possa ver isso para mim, são vocês. Eu aqui sou uma simples assistente ou participante de um passado já vivido por mim e que vem me mostrando que o que foi meu marido, em nada se modificou, e o amor que tinha pelo meu filho e ele por mim, já existia de há muito.

— Veremos o que podemos fazer! Agora pode ir!

Luzia deixou a sala mais enternecida ainda pelo amor do filho, mas preocupava-se também pelo marido.

Se, depois de tanto tempo, ele ainda não aprendera a ver ternura e sensibilidade num Espírito masculino sem que isso trouxesse tendências femininas, era preciso ajudá-lo de alguma forma a modificar-se.

Com certeza, ao longo do tempo, muito deve ter sido feito e, para a comprovação de que havia se modificado, retornaram juntos, mas, com a convivência, ainda pelo orgulho, não pôde aceitar e sacrificava e humilhava o filho, como o fizera recentemente.

Algum ponto havia que poderia ser trabalhado para sensibilizá-lo e ela ainda descobriria para ajudá-lo a fim de que, em futuras existências, se tivessem que retornar juntos, o fizessem em paz e harmonia definitivas.

Quando Luzia se retirou da sala onde realizava aquelas visualizações, um dos jovens comentou com o outro:

— Essa nossa irmã não está satisfeita apenas com o que está vendo. Ela sente que há algo mais entre ela e aquele filho e deseja saber.

— Fomos orientados para que lhe mostrássemos apenas o que estamos mostrando, que as afinidades entre ambos vêm de longa data, que seu filho traz no Espírito a sensibilidade que o pai reprova e nada mais.

— Proibiram-nos de mostrar-lhe o que sabemos, o que

descobrimos ao fazer nossas pesquisas para organizarmos esta atividade que ela vem desempenhando, pois isso poderia perturbar o seu Espírito e fazer aflorar sentimentos outros que não serão convenientes nem adequados agora. Ela teria seus pensamentos voltados àquele filho, de modo diferente, apesar de estar bem convicta do seu afeto de mãe, para com ele, e de filho, dele para com ela.

— Acontecimentos passados inadequados que já foram sublimados, não devem ser recordados para que a paz de espírito atual não se modifique e se transforme num tormento.

— É isso mesmo. Desse modo, ela nunca saberá, pelo menos por enquanto, que ambos viveram um romance proibido, e um amor muito intenso que não conseguiram evitar, com graves consequências dentro da moral. E o marido dela, tendo descoberto, eliminou o que tem sido seu filho por algumas existências, a fim de redimir-se do crime praticado. Por isso ele ainda não conseguiu aceitar o jovem como é, terno, sensível e amoroso, porque sente que, por trás daquele sentimento deve haver algo do qual ele não se lembra, mas traz-lhe sensações desagradáveis.

— Se ela se lembrar de tudo isso, através da visualização, porque de outra forma ainda não lhe será possível, se chocará de tal forma que poderá desequilibrar-se em prejuízo de si mesma. Um ressentimento retornará em relação ao marido, para não falar em sentimentos mais fortes, e aquele desejo que ela tem de ajudá-lo a modificar-se ficará prejudicado.

— Temos que nos manter como se nada tivéssemos apurado, pelo próprio bem dela.

— Um dia, daqui a muito tempo, quando ela tiver progredido bastante, quando esse conhecimento não interferir em nada porque ela já estará acima de qualquer sentimento que possa perturbá-la, ela descobrirá por si mesma.

— Tudo tem a sua hora e nossos superiores sabem bem disso, e o que promovem, o que permitem, é sempre visando o bem daqueles que estão sob sua guarda.

— Amanhã prosseguiremos como se nada soubéssemos, mostrar-lhe-emos uma outra existência e ela acabará se esquecendo ou se acomodando, sem se preocupar com isso.

14 PASSADO ESCLARECEDOR

NA ESPERANÇA DE QUE os jovens pudessem descobrir alguma coisa do que tanto ela desejava, Luzia passou o resto daquele dia. Repousou à noite e, pela manhã, já estava novamente na sala de visualizações, pronta para prosseguir a sua atividade.

Antes das imagens recomeçarem ela indagou:

— Conseguiram descobrir algo do que lhes pedi?

— Nada encontramos, irmã! O que sente deve ser uma impressão criada pela senhora mesma, porque, pelo que sabemos, nada há.

— É pena!

— Por que, irmã? O que está vendo não lhe satisfaz? O sentimento profundo de afeto que há entre a senhora e aquele filho, desde há muito, não é suficiente?

— Sim o é, mas desejava saber o porquê dele, justamente por ser tão intenso de ambas as partes.

— Contente-se com o que o Pai lhe está permitindo ver e não crie sentimentos outros que possam perturbar o seu aprimoramento, com consequências nas atividades que desenvolve.

— Como a senhora poderá levar o alento a quem precisa se não estiver em paz? Esqueça-se do que tem em mente e procure aceitar o que já lhe mostramos – acrescentou o outro jovem.

— Está bem! Não voltarei mais a esse assunto e procurarei esquecê-lo, como me aconselham.

— Muito boa resolução! Agora vamos retornar às nossas imagens porque temos mais uma existência para lhe mostrar.

— Da qual fazem parte meu marido e meu filho?

— Sim, irmã! É sobre a senhora e eles que estamos trabalhando, para lhe explicar o modo de ser de seu filho e de seu marido, e as várias situações difíceis que vêm existindo entre eles.

— Sempre por causa do meu marido. Não sei o que há que ele não consegue aceitar aquele filho, como aceita os outros. Antonino ou José, são mesmo diferentes, mas nem todos podem ser iguais. Cada um tem uma índole e traz tendências no Espírito que, ao reencarnar, se manifestam.

— Isto mesmo! Hoje a senhora vai conhecer o porquê de seu filho trazer tão forte no Espírito, o amor pela música.

— Então recomecemos!

O aparelho foi ligado, as imagens começaram a desfilar, e ela viu pequeno grupo de jovens, cada um trazendo um instrumento na mão, cantando e tocando, ao mesmo tempo que caminhavam.

Às vezes paravam em algum local, tocavam para alguém, depois prosseguiam.

O jovem que comandava o aparelho fixou as imagens e indagou à Luzia:

— Reconhece entre esses jovens o seu filho?

— Estou prestando atenção em cada um deles, e sinto que aquele que caminha sempre à frente, apesar da aparência diferente, é meu filho Antonino.

— Isto mesmo, irmã! Vamos continuar a acompanhá-los!

O grupo caminhou por mais algum tempo, depois se dispersou e cada um seguiu seu rumo.

Como já sabemos quem era o que havia sido filho de Luzia, nós o acompanharemos e veremos que ele entra numa casa simples.

Lá dentro encontra o pai que, vendo-o entrar, não se contém e agride-o com palavras ofensivas, chamando-o a atenção por não se importar com as necessidades que a família enfrentava, ocupado todo o tempo com sua música, como se nada mais existisse além dela.

Ouvindo aquela demonstração do marido, uma senhora vem do interior da casa, desejando interferir a favor do filho, mas o marido não permitiu dizendo:

— Ajudar-nos ele não quer, não se incomoda que os outros se sacrifiquem, mas quando precisa de um teto, de refeições, sabe voltar para casa.

O jovem nada respondeu e o pai continuou ainda por algum tempo.

A mãe levou o filho à cozinha e ofereceu-lhe o que comer, pedindo-lhe, depois, que ele fosse para o quarto e de lá não saísse para que o pai se acalmasse.

Ele, sem comer nada, foi para o seu quarto e a mãe seguiu-o para poder conversar mais calmamente com o filho.

— Meu querido, você sabe que eu o amo, mas às vezes seu pai, apesar de não ter jeito para falar, tem razão. Ninguém pode viver a vida que você leva. Sempre de cá para lá, sempre inquieto com seu instrumento musical, sem nada ganhar para ajudar nas nossas despesas aqui em casa. Você sabe que a nossa vida é difícil!

— Eu sei, mamãe, e a senhora tem razão, mas não consigo fazer nada que não seja a minha música.

— A música faz bem a quem a pratica e a quem a ouve, mas o trabalho é necessário para a sobrevivência. Ninguém vive da música.

— Às vezes, quando estamos tocando, ganhamos alguma coisa.

— Migalhas que recebem como esmolas que pedem pelas ruas, só que o fazem através da música.

— Não é assim, mamãe! Quem nos dá algum dinheiro é porque gostou do que tocamos.

— Mas que não dá para nada, ainda mais dividido por todos.

— O prazer pela música é muito maior que o dinheiro que ela possa nos render.

— Seu pai já anda muito nervoso e eu temo que, a qualquer hora, o coloque fora de casa. Aí não terá para onde ir nem dinheiro para pagar hospedagem em lugar nenhum. Você ficará jogado pelas ruas, filho! Morrerei de desgosto se isso acontecer.

— Não se preocupe, mamãe! Vou ver se encontro algum trabalho, apenas para tranquilizá-la.

Aquela não era a primeira vez que o pai brigava com o filho, nem a primeira que a mãe lhe falava, nem que ele prometia procurar trabalho, mas continuava tudo na mesma.

O receio daquela mãe era que o pai perdesse a paciência e realmente expulsasse o filho de casa.

Luzia abaixou a cabeça e ficou pensando no que viu, e o jovem que dirigia o aparelho, achou que devia desligá-lo.

Depois que o fez indagou a ela:

— O que a preocupa, irmã?

— Nada me preocupa, porque esses fatos já aconteceram, mas penso em como tem sido a vida de meu filho através das suas existências. Como ele deixou que a música penetrasse tanto no seu Espírito, a ponto de não se interessar por mais nada, como o está sendo para ele agora na Terra.

— As pessoas, às vezes, se deparam com alguma coisa durante a sua existência e da qual gostam tanto, que ela passa a integrar a sua vida, como aconteceu com seu filho e a música.

— É uma identidade entre ambos que já vem acontecendo, tendo como ponto de partida essa existência que a senhora está visualizando, apesar de que o seu Espírito já se adentrava na música e tinha certa sensibilidade por ela. Ao ter a oportunidade de entrar em contato com um instrumento, a afinidade entre ambos foi de tal monta que perdura até hoje e poderá retornar ainda em outras existências. Isto pode acontecer também com o que não é adequado, gerando os vícios tão prejudiciais, dos quais muitas pessoas não conseguem libertar-se. A música é um bem que o Espírito carrega pela sua sensibilidade.

— Concordo com o que diz, mas ela não pode dominar uma pessoa de tal forma que a faz esquecer de tudo o mais, das suas obrigações para com a vida que Deus lhe concedeu.

— As existências vão melhorando as pessoas e a senhora é testemunha de como foi e de como tem sido a vida de seu filho Antonino na Terra. Ele progrediu bastante desde essa existência que estamos lhe mostrando. Sente-se responsável e, se saiu de casa foi apenas pela incompreensão do pai, mas nunca deixou de fazer o que o pai desejava. Estudou, trabalhava, ao mesmo tempo que se dedicava à música. E em Roma, apesar de contar com o apoio dos tios, trabalhava para pagar suas aulas. Isto significa progresso.

— Eu mesma o ajudei como pude para que tivesse suas aulas de música, o que irritou meu marido ainda mais, quando soube. Mas ele nunca deixou de fazer o que o pai lhe impunha.

— Não sei se deseja prosseguir vendo essa existência, ou o que viu já é suficiente para que entendesse ainda mais seu filho.

— Gostaria de saber apenas até quando viveu daquela forma, e até quando o pai o suportou.

— Isso nem precisa ver. Nós mesmos podemos lhe dizer que o pai, não suportando mais a vida do filho, frente as dificuldades que a família enfrentava, num momento de irritação maior, acabou por expulsá-lo de casa.

— E como foi a sua vida depois?

— Como não podia deixar de ser, cheia de dificuldade, e acabou abandonando a cidade onde viviam até que a morte o surpreendeu na extrema miséria.

— Então nada mais verei?

— Ainda não terminamos, irmã! Sabemos que a senhora tem uma indagação para nos fazer! Peço que a faça, pois a resposta dela fará parte das cenas que verá de mais uma existência de seu filho.

— Sei que aqui nada escondemos, nem era o meu desejo. Apenas estava aguardando o momento certo para fazê--la. Você tem razão, nesta última existência terrena em que estive mais uma vez como mãe de Antonino, ele dizia-me que lhe acontecia um fenômeno que considerava estranho pela falta de um entendimento maior. Hoje sei que só podia ser provocado por alguma entidade com a qual ele tinha afinidades musicais e lhe transmitia as melodias que ele dizia, vinham-lhe à mente sem que ele soubesse como. Depois as passava para o piano e, em seguida, colocava as notas na pauta fixando-as para sempre. O que desejo saber é quem lhe passava aquelas melodias?

— A senhora sabe que em todo campo de ação existem as afinidades. Às vezes as encontramos na mesma existência que estamos vivendo. Às vezes elas já vêm do Mundo Espiritual, num reencontro feliz, mas podem acontecer entre um encarnado e um desencarnado, quando os gostos se afinam, e podem ocorrer de várias maneiras. O desencarnado pode ser atraído por qualquer atitude ou comportamento do encarnado e dos quais ele goste também. Mas pode aproximar-se por algum conhecimento anterior, por uma convivência feliz em que estiveram desfrutando dessas mesmas afinidades, e era isso que acontecia com seu filho.

— Estou entendendo! Quer dizer que Antonino tinha, no Mundo Espiritual, alguém com quem já conviveu, que também era ligado à música, quem sabe no campo da composição, e que, estando separados porque meu filho estava encarnado, mesmo assim lhe transmitia suas melodias.

— Compreendeu-o muito bem!

— E por que ele fazia isso?

— Pelo desejo de continuar vendo suas músicas tocadas na Terra. Muitos que estão no Mundo Espiritual gostariam de fazer o de que mais gostam, como se encarnados o fossem. Apesar de não terem mais o corpo físico, a vida na Terra os atrai e eles se satisfazem em se realizar através de outro. Isto acontece em todos os campos, sobretudo no das artes, dentro da música, da pintura, da literatura, quando muitos autores têm uma inspiração farta que os obriga a colocar no papel aquela fonte que jorra, formando com isso belas páginas. Encontramos também no campo técnico e científico, em algumas descobertas, quando alguém encarna para trazer um invento para a Terra e é auxiliado pelos que ficaram no Mundo Espiritual, que o despertam para o seu compromisso, quando chega o momento.

— O intercâmbio entre o Mundo Espiritual e o dos encarnados é muito maior do que se possa imaginar.

— E muito benéfico quando se realiza o bem, com intenções elevadas de auxiliar. Mas pode acontecer também no campo do mal e aí é um desastre quando um encarnado deixa-se levar por essas sugestões e comete atos inadequados porque se compromete.

— É muito bonita, útil e esclarecedora a sua explicação, mas parece que nos desviamos um pouco do assunto.

— Não irmã! Afastamo-nos de seu filho, mas o assunto é o mesmo e com explicações mais amplas.

— Tem razão! Mas, voltando a Antonino, tenho mais uma pergunta a lhe fazer.

— Pois que a faça!

— Se me for permitido gostaria de saber quem era aquela entidade que transmitia as melodias a ele.

— Para responder-lhe e para que a senhora entenda melhor, vamos mostrar-lhe algumas cenas de uma existência posterior àquela em que ele era um trovador e acabou sendo tão infeliz.

— Pois então vejamos, meus jovens, que estou pronta para isso!

— Somente amanhã! Preciso verificar alguns arquivos e para amanhã teremos tudo pronto.

DURANTE AS HORAS que a separaram daquela atividade, Luzia trouxe, para junto de si, mais intensamente, a lembrança do seu amado filho Antonino.

Reviveu momentos da sua última existência, e a cena da despedida, quando ele foi obrigado a deixar o lar por imposição do pai, rememorou muitas e muitas vezes.

A manhã seguinte surpreendeu-a já ativa e bem desperta para visualizar o que se lhe apresentariam.

Quando os jovens chegaram à sala onde realizariam a atividade que envolvia seu filho, ela já os esperava.

— Então, conseguiram organizar o que tanto desejo saber? – indagou ela.

— Está tudo pronto!

Ela acomodou-se enquanto eles ligavam o aparelho e, depois de breve prece pedindo a proteção do Pai para o que se realizaria, as imagens começaram a desfilar ante seus olhos.

Mais uma vez ela era a mãe dele e o viu, não um rapaz, mas uma criança. Doce, terna e amorosa, estava sempre junto da mãe que cuidava dele com desvelo. Era seu único filho. Seu marido não era o que já conhecemos por ter convivido com ela algumas existências, também como pai de Antonino, mas um outro senhor mais compreensivo que parecia amar a esposa e muito mais o filho.

O marido era um exímio músico, um pianista que não só tocava mas compunha também.

Às vezes, quando uma composição estava em andamento, ele fechava-se na sala de música onde tinha o seu piano e lá permanecia por horas, colocando nas teclas e anotando os sons que sua mente criava.

Ele podia dar-se ao luxo de cultivar a sua arte, porque descendia de família com algumas posses e não dependia do seu trabalho para viver. O pai havia sido um rico proprietário e ele e apenas mais uma irmã, receberam como herança o que lhes daria uma vida de tranquilidade financeira.

Por isso, dedicava-se à música, o que fizera desde muito jovem, com a aprovação do pai.

Quando apenas tocava, deixava que seu filhinho entrasse na sala.

O pequeno parecia tão atraído pelo instrumento que ficava ao lado do piano olhando o pai, quietinho, sem perturbar.

Às vezes, o pai tomava-o ao colo, deixava-o mexer nas teclas e dizia:

— Um dia, filho, você também será um pianista. As primeiras notas eu mesmo quero lhe ensinar. Quero ter essa alegria, mas depois contrataremos um professor para que o meu amor de pai não interfira negativamente no seu aprendizado.

Quando a esposa acompanhava o filho ou vinha após ele para que não perturbasse o pai, ouvia-o assim dizer. De outras, ela perguntava:

— Você imagina que nosso querido filhinho possa vir a ser um pianista?

— Tem todo jeito, porém, é ainda muito pequeno. Mas daqui a um ano ou um pouco mais posso iniciá-lo na música. Esperemos que cresça um pouquinho mais para acomodar-se melhor diante do piano. Ele será um grande pianista, assim o espero.

Quando o tempo passou e o pai o iniciou nos primeiros conhecimentos, surpreendeu-se com a facilidade com que a criança aprendia.

O tempo foi passando, a criança aprimorando-se mais, tornou-se jovem e, de fato, foi um exímio pianista. Tocava com facilidade os grandes compositores, inclusive as peças de seu pai, que o fazia com mais amor ainda.

O jovem interrompeu as imagens, depois de uma longa mostra e Luzia, sendo despertada daquela sensação tão agradável, falou:

— Como é bom se ver uma família unida, sem desentendimentos, com compreensão, vivendo na mais bela harmonia!

— Às vezes as almas afins encontram-se e vivem uma existência menos difícil.

— Desejava saber quem passava as melodias a meu filho, e, embora nada tenha visto com clareza, suponho que seja esse que aparece nas imagens como meu marido e pai dele.

— Com certeza é isso mesmo! Ele permanece no Mundo Espiritual, mas ama muito àquele filho e assim procedia para induzi-lo a que procurasse estudar piano. Depois que ele foi encaminhado, estimulado pela senhora, e que se tornou um exímio concertista, ele achou que não tinha mais necessidade.

— E onde está essa entidade com a qual convivemos em grande harmonia e entendimento? Por que Antonino e eu tivemos que conviver com esse que foi meu marido recentemente, com tantos problemas, quando poderíamos ser mais felizes se tivéssemos vivido com esse?

— Um dia vocês se reencontrarão num ambiente de paz, felicidade e entendimento. Vocês três já tiveram algumas existências juntos na Terra, mas a convivência maior será no Mundo Espiritual quando ambos – a senhora e seu filho Antonino, estiverem ressarcidos dos débitos que têm para com esse que foi o pai de seu filho recentemente.

— Cada vez que nos unimos parece que nossa convivência se complica mais!

— Um dia haverá compreensão e, quando isso acontecer, vocês se verão liberados dos compromissos e terão outras existências mais felizes.

— E esse com quem vivemos em entendimento e paz, onde está?

— A senhora sabe que há muitas moradas na casa do

Pai e ele está em uma dessas, reservada para aqueles que progrediram um pouco mais que nós e também trabalha, porque em nenhuma dessas moradas há ociosos. Cada uma oferece trabalho concernente ao tipo de irmãos nossos que recebem, e a senhora sabe que há uma grande gama de estágios evolutivos que os diferenciam.

— Um dia todos nós teremos progredido bastante e seremos mais felizes.

— É para isso que todos trabalham, é para isso que Jesus foi à Terra há tantos séculos, levar a seus irmãos os preceitos que devem reger suas atitudes para levá-los à felicidade, mas ainda, passado tanto tempo, a maioria o ignora.

— O progresso de cada um se realiza muito lentamente porque os atrativos da Terra são muitos e acabam por iludi-los, desviando-os do caminho do bem.

— O Pai não tem pressa e a cada oportunidade que é oferecida a Seus filhos, se eles souberem bem vivê-la, vão progredindo. Se preferirem ficar estacionados ou até assumirem mais compromissos por penetrarem no mundo das ações inadequadas, um dia também terão o Espírito despertado para o bem, mesmo que muito tempo passe. O progresso é a meta de todos nós, conquanto ainda estejamos inconscientes dele ou se somos negligentes.

— Querida irmã, o que nos foi determinado mostrar-lhe, encerra-se aqui. Esperamos que a senhora esteja satisfeita com o que viu, que entenda a vida de seu filho e que se utilize de tudo isso para mais se empenhar em aprimorar-se, dedicando-se aos que necessitam.

— É o que venho me esforçando para fazer!

— Sabemos disso, irmã! Mas se mais podemos fazer,

melhor para nós. Vá procurando, agora que conhece um pouco do seu passado junto daquele que foi seu último marido, entendê-lo melhor, descobrindo qual o melhor meio de ajudá-lo quando tiverem de retornar juntos novamente, num tempo que não sabemos quando, mas com certeza, acontecerá.

— Agradeço a dedicação que tiveram para comigo e o empenho que demonstraram em me atender.

— Pois esse agradecimento não é a nós que deve e sim ao Pai que permitiu, e a senhora vai expressá-lo na prece que fará, encerrando o nosso trabalho.

— Eu?!

— Sim, irmã! Todos nós temos no coração as palavras certas para nos dirigirmos ao Pai, ainda mais quando elas são resultado da nossa gratidão pelo que recebemos.

Luzia não disse mais nada. Recolheu-se em si mesma e proferiu uma prece com palavras que expressavam exatamente os seus sentimentos naquele instante. E quando oramos colocando o nosso sentimento acima da razão, a prece chega ao Pai mais rapidamente.

Ao terminar, ela agradeceu aos jovens e retirou-se feliz.

Ainda não retornaria ao seu trabalho. Daria um passeio na natureza aberta, cheia de flores e recantos maviosos, e novamente se dirigiria ao Pai agradecendo tudo o que lhe proporcionara.

Quando voltava, encontrou-se com irmã Ambrósia que acompanhava um irmão mais necessitado. Parou para conversar com ela rapidamente, informando-a de que a sua atividade estava terminada. A bondosa irmã, compreendendo que ela gostaria de conversar para comentar o que vira, colocou-se à disposição para que a procurasse quando desejasse conversar.

Luzia despediu-se agradecendo o oferecimento, dizendo que o aceitava, e foi para o seu trabalho, o qual desempenharia ainda com mais amor e dedicação.

Era-lhe impossível não pensar no filho, nas suas diversas existências, na convivência que tivera com o pai, sempre incompreendido pelo seu modo de ser, mas lembrava-se daquela existência em que tivera todo o apoio e o estímulo de um pai que o ajudara a fazer o que ele tanto desejava que era dedicar-se à música.

Essa tendência passara para a existência seguinte mas o pai era outro e houve dificuldades, que, um dia, também seriam sanadas.

15 CONVITE IMPORTANTE

ENQUANTO DEIXAMOS LUZIA ocupada em seus afazeres e pensando em tudo o que visualizara, nós voltaremos a Roma, ao encontro das nossas personagens que lá viviam.

Na casa dos tios de Antonino a situação que enfrentavam estava mais difícil a cada dia. Vitória, constantemente acamada, e tendo o seu estado de saúde agravado por complicações que vão surgindo quando um físico já é deficiente, passava mal.

As esperanças, não de recuperação total, que essa sabiam não seria mais possível, mas que tivesse uma vida não tão difícil, mesmo dentro das suas limitações, diminuía a cada dia.

Antonino visitava-a diariamente. Estavam passando pelo rigor do inverno, o que lhes dificultava tudo ainda mais.

Todas as atenções da casa estavam voltadas para ela, que dizia, em voz fraca, que não chegaria a ver as flores da primavera. Que o inverno mesmo a levaria e, se algum merecimento tivesse, que a primavera a veria no céu.

A filha e o marido procuravam tirar essa ideia que estava se tornando fixa em sua mente, para que ela não se preocupasse mas que se esforçasse para melhorar, contudo, eles mesmos, em seus íntimos, concordavam com ela.

Com o passar dos dias o seu mal foi se acentuando, até que a inconsciência total tomou a sua mente, e ela ficou completamente alheia ao ambiente, respirando com dificuldade.

Nesse sofrimento maior sem que ninguém pudesse ajudá-la, ela permaneceu três dias.

No final do terceiro dia, quando a noite se instalara mais cedo, como acontece no inverno, ainda mais em locais como a Itália, ela tranquilizou a sua respiração, e, aos olhos do marido, da filha e de Antonino que lhes dava uma assistência mais efetiva, liberando o tio, ela deixou o corpo imóvel sobre o leito.

Mesmo olhando para ela não perceberam de imediato, tão tranquilamente desprendeu-se do corpo.

Foi Antonino que, sentindo uma sensação estranha que não soube definir, aproximou-se mais da tia, tomou seu pulso como via o médico que a acompanhava, fazer, e não conseguiu sentir nada – estava totalmente parado, assim como o seu coração.

Ele olhou significativamente para a prima que se aproximou, e disse:

— Infelizmente para todos nós, tia Vitória acabou de nos deixar.

Cláudia debruçou-se sobre a mãe, chorou muito, e seu pai, achegando-se também, retirou-a de lá, dizendo que a mãe não gostaria de vê-la daquele jeito, e conseguiu levá-la do quarto.

Todas as providências foram tomadas, o velório realizado, assim como os funerais, sob um frio intenso e o chão coberto de neve.

Antonino esteve à disposição para todas as necessidades que se apresentaram, e, sob a orientação do tio que esperava aquele desenlace a qualquer momento, tomou todas as providências concernentes à situação.

Podemos dizer que toda a assistência que Vitória tivera dos seus, durante o seu longo período de enfermidade, teve-o também, depois, dos benfeitores espirituais que a assistiram em seus últimos momentos, prontos para levá-la assim que tivesse condições, depois do desprendimento.

Nessas ocasiões, sempre algum tempo é esperado, período em que trabalham o Espírito recém-liberto do corpo, para que fique num certo estado de letargia, necessário para que se acomode vagarosamente à nova situação de Espírito liberto e possa ser levado sem maiores problemas.

Até ser despertada, muito tempo ainda passaria. Enquanto isso ela continuaria a ser assistida e, quando despertasse, com o tratamento que lhe proporcionavam, a surpresa da sua condição não lhe causaria nenhum choque.

Vemos, por essa pequena explicação, o quanto é importante o modo de vida de um encarnado. Conforme ele age, conforme as atitudes que toma, conforme o que traz no seu íntimo, assim também é a forma como recebe a assistência na hora da sua passagem para o Mundo Espiritual.

Se não quisermos nos sentir abandonados, perambulando por lugares sombrios, à mercê de entidades que nos supliciam, saibamos como nos conduzir na nossa existência terrena.

Os preceitos de vida que devem ser seguidos, nós os temos, que foram deixados por Jesus, quando entre nós esteve nos trazendo o seu auxílio.

Basta segui-los que de mais nada precisamos. Além de sermos bem recebidos quando passarmos para a Pátria Espiritual, levamos o Espírito mais evoluído, tendo conquistado mais virtudes porque deixamos de pensar só em nós mesmos para pensarmos, também, naqueles que nos rodeiam.

É isso que Jesus quer. Ele não está mais entre nós, mas nós, se temos esse conhecimento, podemos ser considerados seus legítimos representantes na Terra e com condições de muito fazermos em prol do nosso semelhante.

Se assim procedermos, receberemos diretamente as bênçãos que nos proporcionam estímulo, coragem, força e bem-estar, emanados diretamente dele que está atento em nós e nos é agradecido.

Por que sermos teimosos e renitentes no mal se temos aqui, à nossa disposição, o conhecimento de tudo o que devemos fazer se quisermos progredir significativamente, ainda na Terra?

Sejamos, pois, inteligentes e aproveitemos tudo o que temos que passaremos a viver, mesmo ainda na Terra, como se já estivéssemos no céu.

Sempre, depois das borrascas que atingem os seres humanos aqui encarnados, pela bondade de Deus os corações vão se acomodando e a paz vai retornando, mesmo sem alguns de seus entes mais queridos.

É assim que é preciso aqui na Terra, porque, para os que ficam, a vida continua, os afazeres têm que ser realizados e a sobrevivência é necessária. Por mais abalados estejam é preciso continuar. Por isso, a serenidade, o entendimento, nesses momentos difíceis, é importante para que se tornem menos árduos pois é preciso prosseguir.

Na casa de Vitória, apesar da grande falta que sentiam dela, a acomodação foi se fazendo.

Para Cláudia, que ocupava todo o seu dia junto da mãe, estava sendo mais difícil. Parecia-lhe que nada mais havia a fazer e os dias eram longos.

O pai, mais vivido, compreendia melhor esses momentos, apesar da grande falta que sentia da esposa, com quem convivera em harmonia e felicidade durante tantos anos. Também sentia a sua falta, mas o cumprimento das obrigações diante da vida, concernentes a um lar, a uma família, enquanto aqui estamos, tirava-o de casa muitas vezes, e, com isso, ele se distraía.

Para Antonino, embora a convivência com a tia não tivesse sido tão longa, foi intensa pela bondade com que o recebeu e sempre o tratou, e ele também sentia a sua falta quando visitava o tio e a prima, e sempre lhe fora agradecido pelo que recebera dela.

Ele continuava a estudar bastante, dedicava a sua vida à música e progredia cada vez mais. Seu nome já era conhecido em grande parte da Itália e reverenciado como um grande virtuose.

Os concertos sucediam-se, tanto em Roma como em outras cidades e já fora também a alguns países vizinhos para uma série de concertos, depois daquela sua primeira viagem à Alemanha.

Já não frequentava as aulas regularmente como o fazia, mas a pessoa do professor era sempre procurada, tanto como amigo como para trocar alguma ideia ou mostrar-lhe alguma nova música que retirava do piano, diversificando o seu repertório que crescia cada vez mais.

Antonino era feliz com a vida que levava, mas, às vezes, sentia-se só. Uma companhia fazia-lhe falta, mas nunca quis compromissos que o desviassem da sua profissão, como a considerava. Como concertista, como iria assumir a responsabilidade de um lar, de uma família, se estava sempre viajando e, quando em casa, sempre estudando?

Todavia, quando retornava de alguma viagem, ao abrir a porta de sua casa sentia-se só e gostaria de ter alguém esperando-o para recebê-lo com amor. Depois acomodava esses pensamentos, descansava e reconhecia que estava fazendo o melhor.

Nunca se apaixonara por ninguém apesar de que era procurado constantemente por algumas jovens que se encantavam com sua música; tratava-as bem, mas nenhuma ainda tocara o seu coração. Se um dia isso acontecesse, sem que ele pensasse muito pois estaria envolvido pelo amor, mudaria a sua vida.

Enquanto esse momento não chegasse, se é que chegaria, ele era feliz como vivia.

Vez por outra trocava cartas com Fúlvio e tinha notícias de toda a família. O pai continuava do mesmo jeito, mas percebia-se que o seu coração estava menos enrijecido pela convivência com a netinha que o distraía sem que implicasse com ela.

Fúlvio, quando o visitava e que alguma carta de Antonino havia chegado, contava, diante de todos, as novidades do irmão, e ele mantinha-se calado. Não dizia mais que não sabia de quem se tratava ou que não conhecia ninguém com aquele nome.

Seu íntimo trabalhava bastante e ele reconhecia que fora muito intransigente com o filho com o qual poderia estar convivendo em harmonia.

Depois modificava seus pensamentos, justificando que se não tivesse tomado a atitude que tomou e tivesse concordado com ele, aceitando que tocasse e até lhe dando um piano, ele nunca teria sido o que era. Intimamente, orgulhava-se daquele filho.

Numa das vezes que uma carta de Antonino chegou e que ele contava que faria uma *tournée* por algumas cidades da Itália, Fúlvio, sem comentar nada com o pai, respondeu-lhe pedindo que incluísse no seu roteiro, a sua cidade natal.

Se ele nunca mais retornara, depois da morte da mãe, já estava na hora de voltar e de forma vitoriosa, como concertista famoso que o era. Se o irmão concordasse, ele mesmo tomaria as providências necessárias, bastando para isso que o seu agente lhe desse as instruções precisas.

Quando a carta chegou às mãos de Antonino, ele surpreendeu-se com o pedido que trazia

Ele pensava, às vezes, retornar, mas nunca imaginou que esse pedido viesse dele. Se quando pensava, por si mesmo, em voltar para mostrar ao pai que era um vencedor, vacilava, agora não precisaria pensar duas vezes. Conversaria com o agente dessa possibilidade, pedindo--lhe empenho para que encaixasse a sua cidade natal no seu roteiro.

A partir dessa decisão, uma certa ansiedade começou a tomar conta do seu coração. Se em todos os locais onde havia se apresentado, havia sido muito feliz, aconteceria o mesmo na sua cidade.

A sua emoção em retornar, todos os sentimentos que guardava no coração em relação ao local onde nascera, fora criado e tivera que abandonar por causa do pai, não influiriam negativamente na execução de suas peças?

E a certeza de que o pai estava tão próximo e o ignoraria, não teria também o seu lado negativo?

Se a mãe ainda estivesse viva ele não hesitaria nem um momento e a sua presença dirimiria do seu coração todo e qualquer receio. Tocaria somente para ela, como se ninguém nem mais nada existisse, e tinha a certeza, seria a sua melhor apresentação.

E se pensasse nela mesmo sabendo que não estaria presente, não o ajudaria a se sentir bem? Já não sentira ele a presença da mãe em um dos seus primeiros concertos e depois sonhara com ela, deixando-o muito feliz?

Sim, ela poderia estar presente, de que forma não sabia, talvez descendo do céu que a abrigava para estar com ele, como já o estivera uma vez.

Com esse pensamento, reanimou-se e pareceu-lhe que barreira nenhuma o impediria de sair-se bem lá. Tocaria para ela na certeza de que estaria em sua companhia, como se estivesse em corpo presente na plateia que o aplaudiria.

Nunca tivera a oportunidade de entrar no teatro de sua cidade e não sabia como era. Se já o conhecesse, formularia seus pensamentos como se lá estivesse, mas isso não seria possível. Também, não tinha importância porque já estava habituado a tocar em locais onde nunca estivera antes.

E o pai, como receberia a notícia de que o filho que ele expulsara de casa por querer estudar piano, voltava para dar um concerto justamente no local onde nascera e fora criado?

Era uma situação nova com a qual ele teria que se habituar, e assim que teve o primeiro contato com o agente fez-lhe esse pedido.

— Já temos tudo muito bem programado e não podemos mexer nas datas por causa da disponibilidade dos teatros.

— Entendo tudo isso e não lhe peço que altere a programação já feita, mas poderemos ir no final. Quando essa série de apresentações terminar, poderemos ir à minha cidade. Gostaria muito de tocar lá, e nunca havia me decidido a ir, mas, o pedido de meu irmão fez crescer em mim essa vontade.

— Está bem! Quando voltarmos tomaremos as providências para o seu concerto lá.

— Aí demorará ainda mais porque será preciso reservar o teatro e nem sempre o teremos à nossa disposição.

— O que você deseja fazer, então?

— Que o senhor me desse algumas datas possíveis e eu escreveria a meu irmão para que reservasse o teatro.

Ele colocou-se à disposição para tomar as providências lá, basta que o senhor lhe passe as instruções.

— Ao invés de escrever penso que será melhor que eu vá até lá, verifique o teatro e depois, sim, passarei para ele as instruções do que deve ser feito em relação à divulgação e outras medidas necessárias.

— Faça como achar melhor, mas gostaria que o senhor fosse antes da nossa *tournée*. Assim, quando retornarmos, eu já me prepararei para esse novo concerto. Nunca mais voltei à minha cidade desde que mamãe morreu, e tocar lá, para mim, será diferente de todos os lugares porque entram sentimentos e emoções que fazem parte da minha vida.

— Compreendo, e esses, talvez, sejam elementos que o farão tocar ainda melhor, se é que é possível.

As providências foram sendo tomadas e, como a viagem que fariam estava bem próxima, o agente houve por bem ir logo fazer os acertos para esse concerto também. Para ele era mais um que se juntava a todos os outros e nada tinha de diferente. Para Antonino, porém, nenhum havia sido nem jamais seria como aquele.

Em seus momentos de reflexão pensava até na possibilidade do pai estar presente, mas logo tirava do pensamento porque jamais ele iria e ainda poderia se indispor com Fúlvio porque tivera a ideia.

Por seu lado, para Fúlvio, aquele concerto, se sua ideia fosse aceita, tinha uma intenção muito mais profunda do que apenas ouvir o irmão tocar.

Quem sabe não convenceria o pai a comparecer, mesmo anônimo em meio aos outros espectadores!

Seria muito difícil, mas tentaria. Depois, se assim não

fosse possível, talvez encontrasse uma outra forma de fazer com que o pai o aceitasse novamente, esquecendo intransigências pueris. Seu coração estava um pouco mais brando e, talvez, se ele não fosse, poderia permitir que o filho o visitasse. Antonino era bom e ele tinha a certeza, não guardava nenhuma mágoa do pai, a não ser a tristeza de não poder voltar à casa onde fora criado.

FÚLVIO AGUARDAVA a resposta do irmão, passados os dias em que calculou, a carta já estaria em suas mãos.

Qual não foi a sua surpresa quando, ao invés da carta, o agente de Antonino procurou-o em seu escritório. Os entendimentos foram realizados, o teatro visitado e até uma data acertada, que seria exatamente uma semana após o término da *tournée*.

Ele deixou a Fúlvio todas as instruções em relação à divulgação, e retornou a Roma naquele dia mesmo. Daí a três dias começaria a sua viagem com o jovem concertista.

Feliz, o irmão começou a tomar as providências que lhe competiam, e procurou até aquele senhor que fora professor do irmão para que ajudasse na divulgação junto de seus alunos.

Tudo já estava pronto e a notícia da vinda de Antonino, correndo pela cidade. O seu nome já era bastante conhecido e a volta à sua terra natal seria um acontecimento.

Nada ainda fora falado ao seu pai porque Fúlvio aguardava um momento oportuno.

Quando esse momento se fez, ele contou ao pai que

seu filho, que divulgava com grande sucesso o nome da família, voltaria para apresentar-se na sua cidade.

O pai, entendendo que aquela era uma afronta que lhe aprontava, disse que não queria saber de nada, que não se interessava por música e que aquele assunto não fosse mais além.

Fúlvio explicou-lhe que fora ele mesmo que pedira ao irmão que viesse, porque a cidade merecia conhecer o seu talento, e não ele que se oferecera para vir.

Na mesma oportunidade, pedira ao pai que esquecesse mágoas, tanto tempo havia passado e perdoasse o filho, naquilo que ele julgou uma traição. Explicou-lhe que cada um tem o direito de escolher sua própria vida, fazendo o de que gosta, e não ficar atrelado ao que querem que ele seja, acrescentando:

— Acredito que a única tristeza que Antonino carrega em sua vida é a sua incompreensão e indiferença para com ele. Quanto ao resto, ele é muito feliz porque é um vitorioso, com seu nome crescendo cada vez mais. O senhor deveria orgulhar-se do filho que tem, que soube vencer sem a sua ajuda e perdoá-lo de vez. Acredito que até o senhor seria mais feliz, se retirasse do seu coração essa mágoa que tem dele, criada pelo senhor mesmo.

O pai ouviu o que ele falou mas não deu nenhuma resposta – nem afirmativa, diante do que lhe pedia, nem negativa. Seu íntimo trabalhava à medida que o filho lhe falava, e o outro irmão de Antonino e a esposa reforçaram as palavras de Fúlvio, dizendo-lhe que já era hora da família estar toda reunida, em paz e harmonia, sem ressentimentos nem reservas. Que todos pudessem estar felizes, lembrando-lhe de que, se assim ocorresse, a mãe, de onde estivesse, estaria partilhando dessa felicidade.

O assunto prolongou-se ainda por algum tempo, depois Fúlvio retirou-se com a promessa do irmão e de sua esposa de não perderem nenhuma oportunidade de convencer o pai a perdoar o filho e quiçá, de até comparecer ao concerto.

Cada vez mais o dia do concerto se aproximava e cada vez mais o íntimo do pai de Antonino era um turbilhão. Pensara no que os filhos lhe disseram, sobretudo Fúlvio, um milhão de vezes, ou melhor dizendo, não tirava o filho do pensamento, como se nada mais fizesse parte das suas preocupações.

Com os negócios quase não se preocupava mais, pois entregara tudo nas mãos do filho que administrava como ele mesmo, para não dizer que ainda o fazia melhor.

Há muito ele, sem que nenhuma palavra a esse respeito fosse pronunciada, admirava o filho. Ele não era o fraco que aparentava, sempre às voltas da mãe, mas demonstrava que fora um forte.

Se assim pensava dele, por que não lhe demonstrar esse sentimento, dirimindo de vez aquela inimizade que se criara entre ambos por sua causa?

Não seria fácil! Como chegar ao filho e dizer que lhe perdoava e que o admirava? E o seu orgulho, onde ficaria?

Intimamente já compreendera o filho e não lhe guardava nenhuma mágoa, reconhecendo que realmente fora muito intransigente com ele. Todavia, como lhe dizer isso?

Seria humilhação demais para si mesmo que sempre

o criticara e nunca acreditara que ele seria um vencedor, porque o considerava um fraco.

Ah, quantos pensamentos fez!

Quando faltavam apenas três dias para o concerto, num momento em que Fúlvio o visitava e novamente voltara ao assunto, ele perguntou onde Antonino ficaria hospedado.

— Ele poderia ficar em minha casa, o que me daria muito prazer, mas tem também o seu agente, e ele prefere ficar num hotel para que nada interfira na sua apresentação. Depois, sim, nos visitará, e se o senhor permitir, eu o trarei aqui também, embora prefira que o senhor vá assistir à sua apresentação no teatro.

— Não costumo sair de casa à noite, você sabe disso!

— Mas é uma ocasião especial! O senhor não precisa falar com ele se não quiser, mas pelo menos vá vê-lo tocar e reconheça que ele é verdadeiramente um virtuose.

— Eu nada entendo de música!

— Não precisa entender, apenas vê-lo e ouvi-lo.

Intimamente ele gostava que Fúlvio insistisse bastante a fim de que, qualquer atitude que tomasse para reencontrar o filho e perdoá-lo, não pareceria de sua vontade própria, mas que o fazia apenas pela insistência dele. Era ainda o orgulho que falava mais alto para que não aparentasse fraqueza.

16 ESFORÇO COMPENSADOR

DISTANTE DA TERRA, na morada onde Luzia se encontrava, a notícia de que seu querido filho daria um concerto na cidade onde nascera, despertou-lhe a vontade de estar presente.

Nunca mais ela retornara em visita depois daquela primeira vez, mas agora, pelo conhecimento que tinha de algumas de suas outras vidas junto daquele que mais recentemente fora seu marido e do que fora seu filho Antonino, ela imaginou que era a ocasião de começar a realizar um trabalho para a reconciliação de pai e filho.

Ela levou esse anseio à irmã Ambrósia que considerou louvável o seu desejo, mas precisava pedir autorização a seus superiores para que ela pudesse vir.

— Eu tenho pressa, irmã! Faltam apenas três dias para o concerto e é necessário que eu chegue antes se quiser fazer alguma coisa em favor de ambos.

— Amanhã mesmo a senhora terá a sua resposta, e o tempo será suficiente para o que deseja.

— Se a senhora puder me acompanhar e me auxiliar nessa empreitada tão difícil, eu ficarei muito feliz e mais confiante em que vá ter êxito.

— Amanhã tudo ficará decidido!

Irmã Ambrósia, no dia seguinte logo cedo, levou o pedido de Luzia ao Mentor que considerou uma boa causa e permitiu que ambas fossem, dizendo que, no regresso, queria saber como tudo havia transcorrido.

Dizendo que o poria a par de todos os acontecimentos, ela despediu-se agradecendo e foi procurar Luzia para dar-lhe a notícia.

— Quando partiremos?

— Hoje mesmo, que é a véspera do concerto. Se a senhora pretende fazer o que estou imaginando, esta noite deve ser bem aproveitada. Chegaremos à entrada da noite.

— É muito justo que comece por meu marido a quem não visitei quando lá estive.

— E com quem terá grandes dificuldades! A senhora sabe o quanto ele é orgulhoso e intransigente e não será fácil convencê-lo.

— Pelo menos tentarei! Se nada conseguir, de nada terei para me arrepender depois.

— Prepare-se, pois, que à hora certa virei buscá-la.

Luzia, mesmo realizando suas tarefas, tinha o pensamento levado à sua antiga casa, junto do marido e do filho, aprimorando a sua ideia para que fosse bem sucedida.

À noitinha, quando as claridades do dia empalideceram e agonizavam, ela com irmã Ambrósia entravam em sua casa.

A família estava reunida em torno da mesa para o jantar e ela sentiu saudades do tempo em que preparava o alimento e o colocava na mesa, quando os filhos ainda estavam todos em casa. Depois, os dois mais velhos se casaram, Antonino foi expulso de casa e ela ficou só com o marido, mais triste, mais taciturna, até que enfermou e partiu para a Pátria Espiritual.

Mas agora estava de volta, trazia uma missão que ela mesma se impusera e esperava ser bem sucedida.

Antonino também já chegara ao hotel onde ficaria hospedado, porque precisava estar bem descansado.

No dia seguinte visitaria o teatro, experimentaria o piano de lá para ver se estava tudo em ordem, e, à noite, seria a sua apresentação.

À noite, assim que seu marido adormecesse, ela se apresentaria a ele e o convenceria a receber o filho. Não seria uma tarefa fácil, mas esperava conseguir. Imaginava que, de Espírito para Espírito, seria mais fácil.

Se ambos se reencontrassem e se o pai retirasse do coração aquele ressentimento que guardava pelo filho, já seria um grande progresso.

Quando chegasse a sua hora de partir, ele não levaria no Espírito esse sentimento infeliz e partiria mais liberado para a nova vida que o esperava, sem vínculos infelizes que o prenderiam àquele filho numa situação difícil.

Enquanto aguardava a hora do repouso do marido, ela decidiu visitar também o filho no hotel, para um primeiro contato, mas depois retornaria para o que pretendia.

Ao adentrar o quarto, encontrou-o recostado na cama, pensando, pensando muito. E seus pensamentos não poderiam ser outros senão na sua vida naquela cidade, nos tempos felizes de infância, nas suas dificuldades para estudar piano, na bondade de sua mãe, e até na família de César ele pensou, a quem muito devia. Depois do concerto lhes faria uma visita, agradecendo mais uma vez o impulso que lhe deram para que ele chegasse onde havia chegado.

Luzia parou a certa distância e ficou captando seus pensamentos. Quando ele pensava nela um sentimento de saudade muito profunda o tomava e ela o ouviu exclamar num sussurro:

— Ah, se mamãe ainda estivesse viva, teria uma alegria muito grande em me ver de volta, mesmo somente para um concerto!

Aproximando-se mais do filho, ela disse-lhe:

— Eu estou aqui, filho querido, e muito feliz!

Antonino sentiu aquela presença e começou a olhar o quarto de um lado a outro, como que a procurando e desejando vê-la.

Ela nada mais falou e afastou-se, entendendo que aquele contato não lhe faria bem naquele momento em que ele deveria pensar apenas na sua atividade do dia seguinte. Mais tarde ela retornaria, mas aí seria diferente.

Compreendendo que deveria retirar-se por ora, Luzia voltou para seu antigo lar, junto de seu marido, para esperar o momento de reencontrá-lo.

Enquanto ela foi ver o filho, irmã Ambrósia ficou no seu lar preparando o ambiente e provocando no marido dela pensamentos agradáveis de saudade da esposa e de

Antonino, a fim de que, ao reencontro, seu coração estivesse mais terno e mais receptivo e ela conseguisse o que tanto desejava.

Quando Luzia retornou ele já se encaminhava para o seu quarto para se deitar. Tantos pensamentos agradáveis fizeram com que ele desejasse estar só para senti-los com mais intensidade.

As duas adentraram o quarto um pouco depois dele e o surpreenderam deitado, criando os seus próprios pensamentos de saudade da esposa e do filho.

— Como é possível o que vejo! – exclamou Luzia admirada.

— Eu o induzi a que chegasse a esse ponto para facilitar o seu trabalho com ele.

— Não vamos adormecê-lo?

— Deixemo-lo ainda alguns instantes nessas doces recordações! Far-lhe-á bem!

Passado algum tempo, quando os pensamentos dele foram se afrouxando pela proximidade do sono, irmã Ambrósia auxiliou-o para que ele adormecesse em paz, levando aquelas ternas lembranças no Espírito.

Luzia ficou esperando-o e quando ele deixou o corpo, antes mesmo que se retirasse do quarto, ela foi ao seu encontro.

Ele surpreendeu-se ao vê-la e exclamou:

— Você aqui?!

— Sim, sou eu! Vim visitá-lo e fiquei muito feliz por ver que você ainda me guarda no seu pensamento, como também o nosso querido Antonino.

Constrangido por ter sido descoberto em sua intimidade, não por ela mas pelas lembranças e pelos pensamentos que formulava em relação ao filho, ele nada respondeu e abaixou a cabeça.

Percebendo o gesto e o constrangimento por um sentimento revelado, ela ainda lhe falou:

— Não se constranja por isso, mas fique feliz como eu estou. Também tinha muitas saudades de você, dos nossos filhos, da nossa casa e me foi permitido vir, ainda mais pelo concerto que Antonino dará nesta cidade.

— Logo vi que não seria por mim que você voltaria e sim por ele a quem sempre dedicou mais amor que a todos nós.

— Se tivesse vindo só para isso, como o diz, não estaria aqui agora, pois, pelo que sei, o concerto será amanhã à noite. Não tinha necessidade de ter vindo hoje.

Antes de continuar, ela o convidou:

— Saiamos deste quarto e vamos conversar em algum lugar agradável, só nos dois.

— Está bem, eu a acompanho! Fiquei surpreso com a sua presença, mas acredite, estou feliz. Eu nunca tive muito jeito de expressar meus sentimentos.

Os dois deixaram a casa e começaram a caminhar, em silêncio, mas logo Luzia falou-lhe:

— Pelos seus pensamentos de saudade, imagino que também comparecerá ao concerto do nosso querido Antonino! Dê essa alegria a ele!

— Não vou a concerto nenhum!

— Pois deveria ir para conhecer melhor o filho que tem!

— Eu já o conheço de sobra e nunca gostei do que via!

— Você sabe que cada um nasce trazendo suas tendências, independente daqueles com os quais vai conviver. Somos Espíritos unos e não podemos sufocar o que trazemos para realizar, se não é do gosto daqueles que nos rodeiam, mesmo que sejam nossos pais. Temos que lutar pelo que queremos, desde que seja uma causa justa e sadia e que nos trará felicidade e a nossa realização como Espíritos imortais que somos.

— Estou estranhando esta sua fala!

— Mas entendeu-me e espero que entenda também seu filho. Você sempre o considerou muito diferente de você, mas deve convir que são iguais num ponto – quando se trata de conseguir o que deseja. Embora o que ele desejava fosse completamente diferente do que você desejava, ele lutou e conseguiu, e encontrou no tio o que nunca encontrou em você.

— O que você deseja falando-me tudo isso?

— O que mais desejo e a razão maior de minha vinda é que o perdoe no que considerou traição e vá ao seu concerto levar-lhe o seu abraço.

— Não tenho coragem! É muita humilhação para mim!

— Se assim o fizer ele ficará muito feliz, mas mais feliz ficará você mesmo. Quer começar agora esse encontro?

— Como, o concerto é amanhã?

— Mas poderá vê-lo já e, em minha companhia, será muito fácil! Se quiser que eu o ajude, decida-se já que vamos procurá-lo!

— Procurá-lo onde?

— Assim como estou falando com você enquanto seu corpo está em repouso lá na sua cama, nós o encontraremos nas mesmas condições. Vamos!

— Não sei se devo! – vacilava ele.

— Será mais fácil hoje e mais ainda amanhã, quando se reencontrarem, se você for ao concerto. Você o cumprimentará sem nenhum constrangimento, como se nada, em nenhum momento, houvesse acontecido entre vocês.

Ele pensou um pouco e depois, concordando com ela, disse apenas:

— Pode me levar!

— Será a maior felicidade que você lhe estará dando e, tenho a certeza, sentindo também.

Luzia imaginou que seria muito mais difícil convencê--lo, mas, com poucos argumentos, o conseguiu.

Era uma vitória para o seu coração, naquele momento, e, antes que ele se arrependesse e tivesse alguma reação contrária, foram para o hotel.

Ela gostaria de entrar primeiro no quarto e pedir que ele esperasse que o chamaria em seguida, fazendo uma surpresa ao filho. Entretanto, o receio de que ele partisse fez com que os dois entrassem ao mesmo tempo.

Ele vacilou, mas Luzia encorajou-o e entraram.

Antonino já estava deitado, porém, o pensamento fixo no concerto e a emoção do retorno à sua cidade, mantinham-no desperto.

Ela aproximou-se e, lembrando-se do recurso que irmã Ambrósia se utilizava, nessas ocasiões, aplicou-lhe um passe pedindo a Deus que os auxiliasse naquele momento tão importante, quando dois filhos Seus, afastados pela incompreensão de um deles, se reencontrariam a fim de que a paz se fizesse entre ambos.

Aos poucos ela foi percebendo que ele foi lasseando os

pensamentos e se desligando deles, até que adormeceu.

Agradecendo a Deus aquele momento tão importante, eles presenciaram o seu Espírito ir se retirando do corpo, ficando ligado a ele por filamentos brilhantes.

Assim que deixou o corpo recuperando a sua consciência espiritual, ele deparou-se com a mãe.

Surpreso, abraçaram-se longamente, aos olhos do pai que reconhecia, naquele momento, o quanto eles se amavam.

Depois, desvencilhando-se daquele amplexo profundo, Luzia disse ao filho que tinha para ele uma surpresa e levou-o diante do pai que estava mais afastado e constrangido.

Antonino olhou-o admirado, dizendo:

— Se o senhor está aqui e não se recusou ver-me, é porque me perdoou. Dê-me também o seu abraço para que terminemos de vez com essa situação desagradável que existe entre nós, porque, entre pais e filhos, o único sentimento que deve existir é o amor, e eu sei que o senhor também me ama, à sua maneira, mas me ama.

Completando estas palavras ele abriu os braços para recebê-lo, e ambos se abraçaram sem que o pai pronunciasse nenhuma palavra.

Ao desprenderem-se daquele abraço, Antonino ainda falou:

— O senhor fez-me muito feliz! Era apenas isso que estava faltando na minha vida, e esse milagre, mamãe o conseguiu. Espero que o senhor também esteja feliz.

Sem saber o que dizer e mantendo-se ainda calado, Luzia insistiu com ele.

— Diga-lhe que você também o está e ansiava por este momento.

— É verdade, meu filho! Ansiava por fazer as pazes com você mas meu orgulho não me permitia voltar atrás com minha palavra e recebê-lo em casa. Agora será diferente! Sua mãe ajudou-me e eu posso dizer que estou feliz, sim, muito feliz. Encerra-se um período difícil para você e constrangedor para mim. As portas da nossa casa estarão abertas para você quando quiser.

— Obrigado, papai!

— Por que não saímos os três e vamos dar um passeio? – indagou Luzia, desejando prolongar aquele momento tão feliz.

— Vamos para casa! – sugeriu o marido dela. – Será um recomeço para Antonino que poderá andar por lá, lembrando-se do tempo em que estávamos todos reunidos.

— Eu gostaria! – manifestou-se o jovem. – Será muito bom retornar tendo mamãe conosco.

— Então vamos, sem perda de tempo!

Logo os três adentravam a casa onde tantos desentendimentos houvera, mas muitos momentos de felicidade para Antonino em companhia da mãe.

Eles conversaram durante algum tempo, o concerto foi relembrado e o pai do jovem prometeu que compareceria.

— A minha presença, lá, será a confirmação de tudo o que está acontecendo nesta noite, e para que você se convença de que nada mais há entre nós.

— E se o senhor, ao retomar seu corpo, esquecer do que prometeu e do que houve nesta noite?

— É óbvio que ele não se lembrará de tudo exatamente

como está ocorrendo, como você também não se lembrará. Mas, ao retomar o corpo, ambos terão sensações agradáveis que modificarão seu modo de pensar, sobretudo de seu pai. Ele despertará não guardando mais nenhum ressentimento contra você, esquecerá o que sempre julgou uma traição e levará no Espírito uma grande vontade de estar presente no seu concerto. Eu estarei com ele e mais ainda estimularei esse sentimento, e, à hora do concerto, nada fará com que ele não compareça. Você despertará sentindo uma grande alegria e se recordará de que sonhou com sua mãe e seu pai, mas sentirá, também, que alguma coisa se modificou entre ambos. A sua sensibilidade o ajudará a que tenha essa sensação com mais intensidade que seu pai, mas a minha presença junto dele reforçará o sentimento que ele abrigará no coração, ao despertar.

Com tudo isso a noite estava se completando e Luzia achou por bem que Antonino retornasse, que ela ficaria com seu pai para ajudá-lo desde o momento que despertasse, a fim de que nada fosse contrário ao que esperavam.

Antonino retornou para o hotel, retomou seu corpo e despertou, trazendo uma alegria imensa no coração.

Por que aquelas sensações tão agradáveis de felicidade se apenas tinha tido uma boa noite de sono?

Lembrava-se de que seu pensamento, pela proximidade de sua casa, antes de conciliar o sono, estava junto dos seus, sobretudo de sua mãe, trazendo-lhe muitas lembranças.

Ah, recordava-se, agora, sonhara com ela, talvez influenciado pelas próprias lembranças!

Mas o pai também estava incluído no sonho e o abraçara e lhe pedira perdão por sua intransigência, reconhecendo que o seu orgulho foi que o impelira a expulsá-lo de casa.

Ah, lembrava-se, também, de que no sonho, estivera em sua casa e tudo estava bem entre ele e o pai.

Se tudo o que sonhara fosse realidade, ah, quão feliz seria! Mas já estava se sentindo muito feliz.

Será que apenas um sonho lhe trazia aquela alegria interior, como se tivesse sido realidade?

Ele não compreendia o que se passava durante o sono nem como os sonhos se davam, mas sabia que algo mais que um simples sonho deveria ter ocorrido para deixá-lo naquele estado de felicidade.

Aquele dia de tantas expectativas e prognósticos, modificava-se, intensificando a sua felicidade.

Nessas doces recordações e no bem-estar que sentia, ficou ainda algum tempo deitado, mas a manhã já estava instalada e ele ouviu que batiam à porta.

Ao atender, viu que era o seu agente que viera acordá--lo porque naquele dia teriam ainda muito por fazer.

Ele deveria ir ao teatro conhecer e estudar no piano de lá e o agente tinha muitas outras providências a tomar para que nada falhasse.

Se em todos os locais onde tocara, tudo deveria sair bem, ali, naquela cidade, deveria sair ainda melhor.

Antonino preparou-se, tomaram a primeira refeição juntos e partiram para o teatro.

Enquanto isso, Luzia, que se propusera àquela tarefa junto do marido e do filho, feliz, muito mais do que esperava estar, fazia companhia ao marido.

Assim que Antonino se retirou, ele, depois de conversar ainda um pouco com a esposa, a conselho dela voltou para o corpo, com a promessa de que estaria junto dele todo o dia, estimulando os seus pensamentos e auxiliando--o a que não fraquejasse para que, à hora do concerto, ele lá estivesse para ver o filho tocar.

Os seus pensamentos causavam-lhe estranheza. Por que tinha o filho e a esposa na sua mente assim que despertara?

Aos poucos foi retomando os acontecimentos da noite, ajudado por Luzia, mas para ele foram apenas sonhos. Trazia, também, no coração, uma indizível alegria, inexplicável para ele que atribuiu somente ao que sonhara.

Ah, se tudo fosse realidade, o quanto o deixaria feliz! Terminara de vez com aquela atitude de intransigência para com o filho, o que lhe transmitia grande alívio, e ainda teria a esposa de volta.

Luzia, captando esses pensamentos, estimulava--o dizendo:

— É a realidade, querido! Tudo o que considera sonho aconteceu realmente e não há mais nenhum constrangimento entre você e o nosso querido Antonino. O que precisa, agora, para solidificar de vez, em seu coração, essa paz que está sentindo pela reconciliação com seu filho, é comparecer ao concerto dele esta noite.

Não da forma como a esposa lhe transmitia, mas ele sentia as suas palavras como se fossem seu próprio pensamento, porém, hesitava.

— Como vou comparecer ao concerto se expulsei Antonino de casa?

— Não só deve comparecer, mas, ao final, ir ao seu camarim cumprimentá-lo. É o único jeito de reafirmar o perdão que lhe pediu esta noite.

A mente dele era um turbilhão de pensamentos. Ora concordava com eles, ora hesitava e ora se negava terminantemente a comparecer no concerto.

Era uma luta interior que Luzia teria que trabalhar durante todo o dia para não perder aquela oportunidade impar que estava se apresentando, nem todo trabalho realizado durante a noite, bem como o que havia conseguido através dele.

Ela se esforçaria e conseguiria levá-lo.

Irmã Ambrósia que a havia deixado para também estar com alguns de seus entes queridos que permaneciam na Terra, retornou e tomou conhecimento de tudo o que Luzia havia conseguido, prometendo que a ajudaria para que nada fosse adverso ao que esperavam. Que orariam, também, junto dele, para que seu coração se sentisse mais terno, mais sensível, guardando aquela felicidade com que despertara.

Cada um, dentro dos seus objetivos e das suas obrigações empenhava-se e o dia foi transcorrendo.

À tarde, o pai de Antonino estava convencido de que deveria comparecer ao concerto.

A conversa, na casa, durante todo o dia, girava em torno daquele evento e o filho e a nora perguntaram-lhe diversas vezes se ele iria, mas ele nada respondia.

Quase ao final da tarde, Fúlvio, que suspendera o seu trabalho naquele dia para ajudar em alguma providência relativa à apresentação do irmão, foi até à casa do pai.

Não poderia deixar passar ocasião tão oportuna e foi fazer uma última tentativa junto a ele.

Ao vê-lo, disse-lhe:

— Venho trazer-lhe o ingresso para o concerto de Antonino, que separei para o senhor.

— Quem lhe disse que eu irei?

— Eu estou dizendo! Se o senhor perder esta oportunidade irá arrepender-se pelo resto da vida, porque outra, não haverá mais. Dê essa alegria a seu filho, que sei, o senhor ama, apesar da sua renitência em renegá-lo, e a dê ao senhor também. Tire de vez essas mágoas infundadas do seu coração e veja o quanto Antonino progrediu.

Depois de ouvir o filho que continuou falando, ajudado pela mãe que inspirava as suas palavras, ele, a custo, falou:

— Está bem! Já que insistem tanto, eu irei para satisfazê-los.

— Não importa se diz que é por nós, o importante é que compareça!

— Fique pronto que virei buscá-lo!

— Não é necessário, vou com seu irmão e a esposa.

— Então, lá nos encontraremos e ficaremos todos juntos. Se o senhor não cumprir com a sua palavra, eu virei buscá-lo.

— Desde quando você me viu não cumprir o que prometo?

— Tem razão! A sua intransigência com Antonino é um exemplo disso, mas espero que tenha terminado de vez.

Luzia ficou feliz. Sentia-se vitoriosa numa missão que se impusera e continuaria o seu trabalho, para que ele não se arrependesse da promessa.

Mais ela estimulou o pensamento dele e, à noite, viu-o preparar-se, vestindo a sua melhor roupa.

— Penso que vencemos! – exclamou ela, dirigindo-se à irma Ambrósia.

— O empenho foi grande, mas os resultados compensarão todo o esforço que a senhora fez. E agora, como faremos? Já podemos deixá-lo ou será necessário acompanharmos a família?

— Só o deixarei quando ele estiver sentado em seu lugar, sem nenhum perigo de levantar-se e vir embora.

À hora que julgaram propícia, dentro do horário do concerto, todos partiram. Ao lado do marido, sem se afastar nenhum instante, estava Luzia.

Ao chegar, o pai de Antonino admirou-se de todos os que entravam e iam tomando seus lugares, e assim procederam eles também, juntamente com Fúlvio e a esposa que os esperavam.

Ele estava tranquilo. No meio das pessoas que se movimentavam, e depois, sentado quieto, imaginou que ninguém daria pela sua presença.

Ao término do concerto voltaria para casa, e tinha cumprido, assim, a obrigação que os filhos lhe impuseram.

Ao ter esse pensamento, porém, Luzia, que permanecia com ele, falou-lhe do abraço ao final, sem o qual nada se modificaria e ele estaria, do mesmo modo, perdendo aquela oportunidade.

Um pouco antes do horário, o teatro estava repleto.

Antonino, no seu camarim, estava ansioso como nunca o estivera em concerto algum. Era natural pelo local onde estava e pela forma como tivera de deixá-lo há alguns anos atrás.

Ele pensava na mãe, mas pensava também no pai. Era uma sensação diferente de tudo o que sentira antes, e nenhuma mágoa guardava dele, ao contrário, uma alegria o envolvia, como se nunca tivesse havido nada entre eles.

Era-lhe inexplicável, mas nós sabemos que era o resultado do empenho de sua mãe, na noite anterior.

Ao dar o horário em que o concerto deveria começar, ele entrou no palco, e o público que o aguardava colocou-se imediatamente em pé e o aplaudiu muito.

Seu pai não podia acreditar no que via. Seu filho, que sempre considerara um fraco, era alvo de toda aquela manifestação? Se assim era, ele o merecia. Certamente o merecia, senão não estaria ali naquele momento.

Antonino curvou-se, agradecendo os aplausos, e sentou-se ao piano, enquanto a plateia se acomodava no mais absoluto silêncio.

Depois dos aplausos e de sentar-se, o seu íntimo transformou-se. Não mais a ansiedade, mas uma paz agradável o envolveu e ele começou a retirar do piano as primeiras notas da primeira peça que executaria.

À medida que tocava, o público ia ficando cada vez mais encantado. Ele era, realmente, um virtuose.

Quando a primeira peça terminou, os aplausos se repetiram mais intensos ainda. Ele levantou-se para agradecer, depois sentou-se para executar a segunda.

Assim foi até o final, quando todos se levantaram novamente e não paravam de aplaudi-lo desejando que ele tocasse mais.

Compreendendo, porque já estava acostumado àquele tipo de manifestação, ele sentou-se ao piano e executou a última peça novamente, a mais difícil, a mais trabalhada, a mais bela.

Ao final, o procedimento do público foi o mesmo, mas ele agradeceu, curvando-se ante ele por diversas vezes, e retirou-se do palco.

Seus familiares, imediatamente, começaram a movimentar-se, aos olhos do seu pai, e Fúlvio, tomando-o pela mão, disse-lhe:

— Venha conosco, papai!

— Para onde me levam?

— Acompanhe-nos e não se incomode com nada mais!

Quando Luzia percebeu que nada mais impediria que seu marido fosse ao encontro de Antonino, ela movimentou-se rapidamente e foi esperar o filho no seu camarim.

Ela queria ter um momento com ele, antes que todos chegassem e nem percebesse a sua presença.

À porta do camarim, quando ele entrava, ela abraçou-o fortemente dizendo:

— Aqui estou, filho querido, para trazer-lhe o meu abraço de felicidade, de alegria, pela sua vitória, por esse reencontro, desejando-lhe sempre o melhor para toda a sua vida.

Sem captar as palavras como a mãe as emitia, ele percebeu o contato juntamente com um grande bem-estar, e exclamou:

— Mamãe, eu sabia que a senhora viria!

— Que Deus o abençoe e o proteja em todos os passos de sua vida, filho querido!

Sentindo aquele bem-estar num momento tão especial, Antonino não precisaria de mais nada. A sua felicidade estava completa. Fora bem sucedido no concerto e tivera a presença da mãe, para ele tão importante. O que mais poderia querer?

Sem demora o seu camarim foi ficando repleto de pessoas que desejavam cumprimentá-lo. Mesmo aqueles que não o conheceram enquanto lá morou, mas por serem da mesma cidade natal de um virtuose, faziam questão de demonstrar a sua satisfação.

Quando os irmãos trouxeram o pai, o camarim estava repleto, todos à volta de Antonino.

Eles pararam à porta, mas Fúlvio, pedindo licença, foi abrindo caminho e entrando e chegou ao irmão, dando-lhe um grande abraço.

Depois, puxando-o pela mão, disse:

— Venha, tenho um surpresa para você!

O pai de Antonino não se sentia confortável naquela situação, embora intimamente desejasse aquele momento. Sentia uma certa ansiedade, não por abraçar o filho, mas a ansiedade do receio do que pudesse acontecer e por se sentir também humilhado por procurá-lo, ele, que fora sempre tão irredutível.

A essa sensação misturava-se uma grande alegria, porque poria fim, de vez, a uma situação que perdurava há anos.

Luzia estava novamente com ele e o estimulava para que sentisse aquela alegria. Ele já fora trabalhado durante a noite, já estivera com o filho, e agora seria apenas o complemento do que faltava, a fim de que, despertos, tivessem a convicção da realidade total e não ficasse apenas como lembranças de um sonho.

Como encarnados, sem o conhecimento do que se passa de Espírito para Espírito, como havia ocorrido entre ambos, aquelas sensações poderiam ir se apagando no tempo, e o trabalho de tanto empenho de Luzia ficaria nulificado.

Trazido pelo irmão, Antonino chegou à porta do cama-rim onde se aglomeravam algumas outras pessoas. Fúlvio, que se propusera realizar aquele encontro, sem saber do que já havia acontecido à noite, abriu caminho e colocou o irmão diante do pai.

— O senhor aqui, papai! É uma grande alegria para mim, recebê-lo!

— Assisti ao seu concerto e não sei mais se me arrepen-do de não ter concordado que você estudasse piano, ou se reconheço que fiz bem como o fiz, porque só assim você pôde progredir como progrediu e chegar onde chegou. Aqui, talvez, não tivesse tido essa felicidade.

— Não falemos mais nisso! O importante é que o se-nhor está aqui. Dê-me um abraço para comemorarmos este nosso encontro, que dirime de vez todo e qualquer ressen-timento que possa ter existido entre nós.

Os dois abraçaram-se efusivamente, como se nada ti-vesse havido entre eles. Depois, o jovem pianista abraçou os outros familiares, todos em grande alegria.

Luzia estava feliz. Sentia que havia sido bem sucedida na sua missão, e nada mais haveria entre pai e filho que não fosse uma amizade que se solidificaria, sem mais in-transigências nem mágoas, nem frustrações, porque am-bos, a partir daquele momento, tinham o coração aberto apenas para sentimentos nobres.

O pai fez questão de convidá-lo para sua casa, as-sim que ele se desobrigasse de todos os que desejavam cumprimentá-lo, para, em família, comemorarem aque-le reencontro.

Luzia, que pretendia partir logo em seguida ao concerto, decidiu acompanhar o filho ao seu antigo lar e desfrutar com ele e todos os familiares, dos momentos felizes que teriam.

Sentia-se recompensada pelos seus esforços, e depois, levando a alegria de uma missão bem sucedida, regressaria ao seu posto, na sua nova morada, reconhecendo que o que ela havia conseguido tinha um significado muito mais amplo do que qualquer um poderia imaginar, e ia além daquela encarnação. Ela sabia o quanto já haviam convivido em outras oportunidades, sempre em situações difíceis, mas que, a partir de então, se transformaria em paz e harmonia e perduraria para as novas existências que ainda teriam de retornar juntos.

CONHEÇA DA MESMA AUTORA:

Obstinação

Wanda A. Canutti • Eça de Queirós e Charles (espíritos)
Romance mediúnico • 16x22,5 cm • 352 pp.

A professora Wanda Canutti (1932-2004) e o espírito Eça de Queirós já nos presentearam com grandes romances, como *Getúlio Vargas em dois mundos*. Agora a dupla nos apresenta *Obstinação* contando a história de Ingrid, espírito determinado que age com paixão em tudo que se dispõe a realizar.

Reparação – Um difícil propósito

Wanda A. Canutti • Eça de Queirós (espírito)
Romance mediúnico • 14x21 cm • 256 pp.

Uma jovem mãe, iludida com a promessa de um amor verdadeiro, abandona o lar e o marido para fugir com o vizinho. Mas a vida não segue o caminho idealizado pela paixão. No mundo espiritual, arrependida, solicita nova encarnação, tendo a oportunidade de renascer como filha do filho que abandonara, com o objetivo de amá-lo e apoiá-lo na sua velhice.

Meu filho

Wanda A. Canutti • Eça de Queirós (espírito)
Romance mediúnico • 14x21 cm • 296 pp.

Stella, o amor de Thomas, morre ao dar à luz seu primeiro filho, William. Inconformado, o jovem pai se fecha em seu mundo e não aceita a presença do filho, a quem culpa pela morte da esposa. O pequeno William cresce órfão de pai vivo, abandonado por quem deveria protegê-lo.

Não encontrando os livros da EME na livraria de sua preferência, solicite o endereço de nosso distribuidor mais próximo de você através de Fones: (19) 3491-7000 / 3491-5449 (claro) 99317-2800 (vivo) 99983-2575
E-mail: vendas@editoraeme.com.br – Site: www.editoraeme.com.br